小漁村的海王子

人物介紹：

藍天　三津國小六年級學生　12歲　男

他沒有見過爸爸媽媽，在他有印象以來，大海就是養育他的親人。

藍天從小由在鯨歌港剝牡蠣殼的阿嬤扶養長大，可是阿嬤十分沉默，並且在他三年級的時候離開人世。而阿嬤過世前告訴他，只要他待在海邊，有天一定能見到自己的爸爸媽媽。藍天一個人生活，每天只要有時間，他就會到海邊游泳，遨遊於大海。海裡頭的生物都是他的朋友，包括每年夏天都會出現，跟他一起遨遊的海豚。他沒有特別的願望，只希望有一天可以知道讓自己來到這個世界的爸爸和媽媽是什麼樣的人。

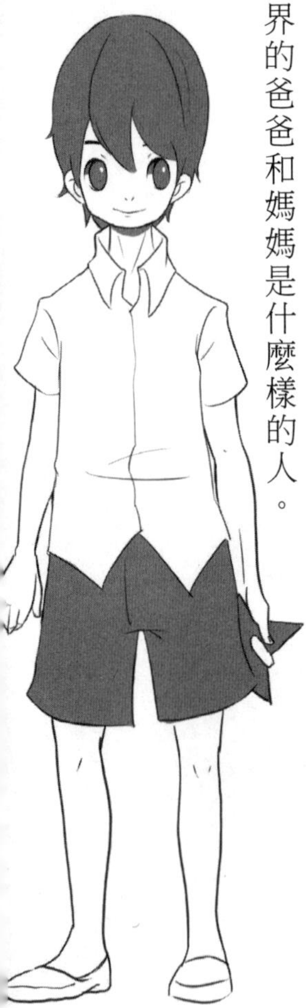

蔡宗澤　鯨歌初中二年級學生　14歲　男

鯨歌港一帶有名的小混混，更是鯨歌初中師長們眼中的問題學生。在這個小漁港，大多數人的家庭都和漁業脫不了關係。蔡宗澤的父親是鯨歌漁會理事長，所以儘管他常常製造一些麻煩，村民們也都敢怒不敢言。

蔡宗澤沒有朋友，更討厭自己的家庭。在海邊，他遇見了藍天，一個跟他不一樣，有著清澈心靈的少年。兩人逐漸成為好友，蔡宗澤逐漸發現自己鬧事的原因，可能只是因為寂寞。

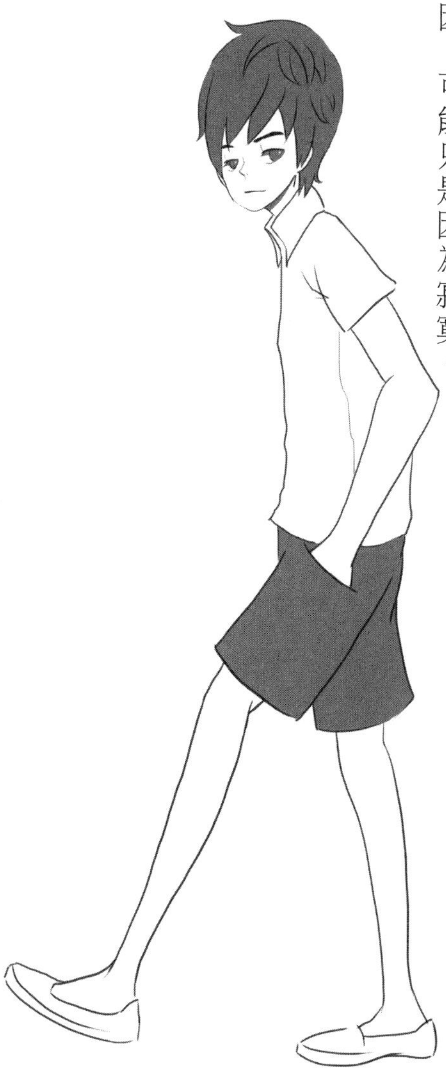

邱靜雯　鯨歌初中二年級學生　14歲　女

住在蔡宗澤家附近，爸爸在鯨歌漁會擔任蔡宗澤父親左右手的理事長秘書。邱靜雯很喜歡畫畫，經常到海邊寫生，也因此邱靜雯經常見到那位總是在海邊玩耍、皮膚黝黑的藍天。當邱靜雯發現蔡宗澤找藍天的麻煩，她跳出來保護藍天，並且促使兩人因為她的關係不得不走在一起。邱靜雯知道，這兩個人都需要一個朋友，而她樂於當兩人之間的橋樑。

許志輝　鯨歌漁港漁夫 30歲　男

許志輝是一位擁有過人釣魚技巧的漁夫，他是藍天最好的朋友，忘年之交。他熱愛自己居住的小漁港，熱愛這片大海。他從來沒有想過離開，所以當有人想要傷害這個他從小長大的家鄉，他決定起來抗爭。

曾廷昊　米立公司老闆　55歲　男

作為一位以賺錢為宗旨，其它什麼都可以不管的老闆，曾廷昊看上鯨歌港的優良地理位置，以及豐富的漁產，因此計畫在這裡建立一間海產罐頭工廠。他用金錢和其它利益打點鯨歌漁會的人們，以及沒有良心的公務員。

可是曾廷昊萬萬沒想到，鯨歌人會為了家鄉而起來反抗。

目次

1. 藍天

鯨歌初中二年一班，午後第一節地理課，總是讓會讓午覺沒睡夠的學生不住點頭。

「世界上哪一塊土地佔了地球最大的面積？」地理老師巧妙的用兩筆，十秒鐘的時間畫出世界地圖，對同學們說。

「世界上最大的國家應該是蘇俄吧！」、「我猜應該是美國。」、「可是我看歷史老師畫的地圖，中國的版圖不是橫跨歐亞非？」、「你說的應該是幾百年前的事了吧！」同學們交頭接耳，誰都不好意思跳出來當先鋒。

「蔡宗澤！蔡宗澤呢？」地理老師翻了翻點名簿，說。坐在蔡宗澤旁邊的同學舉手對老師說：「老師，蔡宗澤他去找周公了啦！」

全班哄堂大笑，地理老師說：「大家安靜，現在是上課時間。」蔡宗澤趴在課桌上睡得正香，有前面同學擋著，地理老師個子比較小，在講台上也沒看見，他走下講台，到蔡宗澤旁邊，拍拍他的肩膀說：「宗澤，宗澤！」

蔡宗澤悠悠轉醒，見到地理老師站在他左手邊，瞄了一眼，又倒向另外一邊睡。「蔡宗澤，不要睡了！」地理老師見蔡宗澤沒有要起來的意思，在他耳邊用力一吼。蔡宗澤從椅子上彈起來，他可是有一百八十五公分高的個子，足足比地理老師高了二十公分，他低頭盯著地理老師，一臉沒睡飽的樣子，說：「幹嘛？」

「你……你還問我幹嘛？現在是上課時間，不是你睡覺的時候。」蔡宗澤看著窗外，藍天白雲，又是一個晴朗的好天氣，對老師說：「老師，天氣這麼好，不睡覺要做什麼？」

「睡覺天天都可以回家睡，但是在學校就不應該睡覺，應該好好的上課。」

「老師，天氣這麼好的時候，你就不想睡嗎？」

「老師是個有責任感的人，來到學校當然要做老師應該做的事。」蔡宗澤沉默了，他低下頭，好像因為老師的話在反省的樣子。地理老師也不想讓學生難過，對他說：「醒了就坐下好好聽課吧！」

地理老師轉過身，往講台走，只聽見身後「哐啷」一聲。趁著地理老師轉過身的空檔，蔡宗澤一個箭步就往教室外頭溜了出去。「蔡宗澤！」蔡宗澤動作很快，地理老師連蔡宗澤的背影都見不到，他人已經不知去向。

同一片藍天之下，就在鯨歌初中不遠處，可以聽見大海潮起潮落，海水爬上沙灘，又退下沙灘的聲音。大海是鯨歌村村民的經濟命脈，所有人都靠著這片大海吃飯，村裡頭大多數人都在鯨歌漁港工作，或是從事相關的工作。距離漁港兩公里處，適合停靠船舶的岩岸漸漸轉為沙岸。一片白沙，這裡是鯨歌獨有的一片海灘。這裡默默無聞，沒有什麼外來客知道，也因此得以保留這片沙灘不受觀光客污染。

蔡宗澤離開學校，沒有地方可以去，這時候回家肯定又要被家裡長輩唸上一頓，只好無奈的來到海邊。過往他蹺課很少來到海邊，都是去鬧區比較多，這一天，也許是天氣太好了，他順著海天一線的岸邊一直走，發現一條以前沒怎麼注意的小道，就在一片木麻黃樹林之間。

「哎呀！」蔡宗澤在木麻黃林間才走沒幾步，視線被樹林遮蔽，竟沒注意到腳下其實是個傾斜的斜坡，一個腳步不穩便從斜坡上滑了下去。滾了好幾圈，蔡宗澤發現斜坡底下是一片從來沒有來過的隱密沙灘。

「哇塞！以前怎麼不知道有這樣一個地方。」蔡宗澤發現眼前是一片沙灘，他以前說什麼都不會來海邊，他對欣賞海邊美景這種事情一點興趣也沒有。住在海邊的人，反而對大海沒有什麼稀罕，更何況這個地方明明與鯨歌村眾所周知的沙灘完全是在相反方向，過去從未聽人提起。一支海灘傘插在沙灘中央，傘底下有塊沒人要的漂流木，他頭枕在漂流木上，開始補眠。

一位穿著小學制服的小男孩，他也在這個時候來到沙灘，見到傘底下有位大哥哥在睡覺，他好奇的走過去。小男孩戳了蔡宗澤兩下，蔡宗澤沒有反應。小男孩露出惡作劇的表情，開始在蔡宗澤腋下搔癢。剛開始蔡宗澤臉上出現微笑，跟著整個人扭動，從睡夢中驚醒。

「你幹什麼！」蔡宗澤對小男孩吼叫。一般人被蔡宗澤一吼，肯定被嚇得魂飛魄散，趕緊逃跑。這位小男孩卻一點兒也不怕，他用平靜的眼神看著蔡宗澤，說：「大哥哥，你怎麼會睡在這裡？」

「我愛睡哪就睡哪，這是你家嗎？管那麼多。」

「這裡是我家啊！」小男孩對蔡宗澤說。

「什麼？這片沙灘是大家的，什麼你家的，胡說！」

「我沒有胡說，我從小就在沙灘長大。」小男孩指著沙灘後方，一排木麻黃下，有間十分老舊的木屋說。

「欸，這是你家？」蔡宗澤感到不可思議的說。

小男孩點頭，表示肯定。

「你家也太……樸素了吧！」蔡宗澤還算有點良心，沒有要嘲笑小孩子的意思，但他還是很難相信，有人能夠住在這麼破爛的地方。

說是小木屋，聽起來挺浪漫。實際上這間木屋牆面斑斑剝剝，看起來多年沒有粉刷，屋頂上有些瓦片應該早就被吹落，而以鐵皮代替。走近一看，

多處利用沒有加工過，不知道從哪裡撿來的木片、紙箱等等回收來的東西東補一塊、西補一片，很是簡陋。

「你家裡人呢？」

「在你眼前。」

「你家就你一個人！沒大人在嗎？」小男孩搖搖頭，蔡宗澤也搖搖頭。小男孩搖頭是為了回答蔡宗澤，蔡宗澤搖頭則是因為覺得小男孩說的頗不可思議。指了指頭上遮陽傘，蔡宗澤說：「該不會這也是你家的吧？」

「算是。」

「好，那現在就借我睡一覺，謝啦！」蔡宗澤眼皮又開始重了，對小男孩打完招呼，又躺了下去。

小男孩沒再打擾蔡宗澤，他脫下制服上衣，露出長年日曬養成的黝黑肌膚。他慢慢走到海邊，海水在他腳踝，一下子湧上來，一下子又退下去。一與海水接觸，小男孩露出天真的笑容，好像見到一塊可口的草莓蛋糕般的開

心。蔡宗澤沒有真的睡著，他偷眼瞧著那位奇怪的男孩子。小男孩走向大海的深處，開始游泳。他游得很快，沒多久就消失在蔡宗澤的視線裡頭。

傍晚，蔡宗澤走在鯨歌村的鬧區，不情願的往自己家走去。鯨歌是個小漁村，每一家的孩子有誰不認識，更何況蔡宗澤不是普通的孩子。不過，今天剛好有艘其它地方的漁船，臨時到鯨歌港停泊。

幾位漁夫坐在餐廳外頭的桌子吃飯，見到蔡宗澤，一位胖胖的先生對他打招呼說：「小鬼，剛下課嗎？」

蔡宗澤不想答理那個人，對方又說：「唷！怎麼裝作沒看見？」旁邊的人聽到都想笑，但又不好意思笑。

「我幹嘛一定要理你？」蔡宗澤停下腳步，對那位胖先生說。

「不過就是打個招呼，你火氣這麼大幹嘛？」

「我有選擇跟任何人打招呼的自由。」蔡宗澤冷淡的說。

胖先生不高興起來，他覺得自己只是想示好，卻被一個毛沒長幾根的國

中生給看輕，對同伴指著蔡宗澤調侃說：「大家看，人家唸初中的就是不一樣，還懂得自由、民主、博愛這一套咧！」

「是啊！讀書人就愛講些讀書話。」

「哈哈！小鬼，你要不要背個三民主義來聽聽啊！」其他同伴附和胖先生的話，大概也是酒過三巡，講起話來更酸。

「你說什麼！」蔡宗澤聽他們拿自己開玩笑，火氣一上來，就想動手。漁夫們也不是好惹的，各個挽起袖子，準備給蔡宗澤一點教訓。

此時，餐廳內走出一位穿襯衫，有一圈啤酒肚，頭上已有大片白髮的中年男子，他攔住外頭吃飯的幾位漁夫，擋在蔡宗澤跟前，說：「你是蔡理事長的孩子吧？我記得你叫宗澤，天黑了，快回家吃飯吧！」

「我爸他從來不等我吃飯的，今天大概又不知道到哪邊應酬了。」

「理事長很忙，自然沒有時間回家陪家人吃飯，為人子的應該體諒。」

漁夫們聽到原來眼前這個小毛頭是鯨歌漁會理事長蔡阿福的兒子，都冷靜下來。蔡阿福領導下的鯨歌漁會，跟附近幾個漁會比起來規模更大，在縣府裡頭也相當有影響力。

「哈哈！原來是蔡理事長家的公子，我們剛剛失禮了，不好意思。」胖先生嘻皮笑臉的，想要化解剛才一觸即發的怒氣。

「邱叔叔，你別管這麼多。」蔡宗澤認得眼前這位穿著襯衫，像是剛下班的男子，他是邱大志，爸爸在漁會的理事長秘書。許多場合邱秘書都會跟著蔡阿福出席，今天意外碰面，倒是出乎蔡宗澤意料。

「理事長的事就是我的事，更何況理事長一直都很擔心你呢！早點回家吧！爸爸不在家，可媽媽還在啊！」

「我知道了……咦！今天你怎麼沒跟在爸爸身邊？」

「今天是我女兒生日，我們全家都來吃飯，為她慶祝。」

「喔……我走了。」蔡宗澤懶得多說，想到自己已經很久沒有一家子在一起吃飯，有點落寞的走了。

2. 海灘

「蹺課好歹要帶個書包吧？」

這天，蔡宗澤又蹺課了，趁著中午用餐時間，他假裝出去走走，但走著走著又來到學校福利社後頭低矮的圍牆邊，準備要翻牆出去。

清脆的女生聲音叫住蔡宗澤，留著清湯掛麵短髮的小女生，是二年一班的班長，也是學年成績第一名，師長們眼中的優秀學生邱靜雯。她面對蔡宗澤，毫無懼色，倒像是一位對著孩子訓話的母親。

「我書包裡面又沒有書，沒差。」蔡宗澤頓了頓，不以為意的說。

「唉！真不知道你是怎麼想的，既然考上初中，那就好好唸書啊！」鯨歌村不大，許多孩子從小學到初中都是同一個校區，彼此都見過。更何況，邱靜雯她父親正是蔡宗澤父親的下屬，也是前幾日蔡宗澤在餐廳遇到的邱叔叔。

「當初又不是我自己想要考初中的，還不是家裡老頭拿的主意。」

「他們也是為你好，你怎麼就不懂呢？」

「拜託，唸書有什麼好的，我又不像妳喜歡唸書。」

「我也沒有很喜歡唸書，可是、可是大人都說唸書以後才有前途。」

「前途？有了前途，然後呢？還不是只能待在這個小漁村，有夠無聊的。反正都是要待在這裡，唸不唸書又有什麼關係。」

「我猜蔡伯伯對你應該有很高的期望，你應該要體諒爸爸的心情。」

「對啦！對啦！我不懂得體諒爸爸的心情，妳是好學生，妳懂！」

「我不是這個意思。」邱靜雯見蔡宗澤說得好像自己在鄙視他似的，連忙澄清。

蔡宗澤根本不在意，他只是知道邱靜雯是個對什麼事情都很容易認真的人，所以故意開個玩笑。見邱靜雯有點手足無措，他忍不住笑出來，說：

「班長，妳不要什麼事情都這麼嚴肅好不好。」

「我……我哪像你不正不經的。哎唷！我不理你了。」

邱靜雯把書包硬塞到蔡宗澤手裡，轉身就跑。

蔡宗澤把書包揹上，翻過牆去。呼吸到圍牆外面的空氣，蔡宗澤像是活過來一樣，他用力深呼吸一口氣，想著今天又要去哪裡遛達。

「去撞球場找大寶、二寶他們好了。」

鎮上的撞球場，平常來的都是一些已經沒有讀書的大人，以及一些無所事事的學生。蔡宗澤平常沒事會往撞球場跑，因為這邊多的是跟他一樣不喜歡唸書的孩子，所以在撞球場裡頭，沒有人會在乎他書讀得好不好，有沒有寫功課，或是以後要找什麼工作這些問題。大家只會顧著聊天、喝汽水，還有打撞球。

鎮上鬧區外圍，與學校遠遠相對的另一端，開在一間雜貨店旁，「麥可撞球場」的招牌，蔡宗澤遠遠見到，快步走過來。

「奇怪！」

蔡宗澤沒有聽見平常撞球場裡頭傳來的音樂聲，走近一看才發現撞球場大門緊閉，貼著一張紅紙公告寫道：「今日東主有喜，公休一日。」

02　海灘

「搞什麼啊！最好老闆有什麼喜啦！今天休息，上次見面也不講一聲，害我白跑一趟。」

沒地方可去，沒樂子可找，蔡宗澤只好開始亂晃。蹺課在外雖然比在學校裡頭開心，但鯨歌村可是鄉下，不像大城市隨便都能找到逛街的地方，出了鬧區只有幾條路，通往更偏僻郊外的眷村，還有通往漁會和漁港的路。但誰會蹺課去眷村，那裡更無聊，會遇到更多喜歡嘮叨的老伯伯。更不可能去漁港，自己蹺課要是被爸爸抓到了，下禮拜的零用錢大概又要被沒收了。

想來想去，蔡宗澤只剩下幾個選擇，其中一個就是去海灘。

「唉！我沒事跑來這個鬼地方幹嘛？」蔡宗澤來到海灘，有點無奈。看著大海，頂著藍天，自己該做些什麼都不知道。

也許自己心中有點羨慕班上同學，他們不會想要蹺課，每天有書唸就很開心。蔡宗澤坐在沙灘上，思考著：「如果自己也能跟他們一樣，也許就不用煩惱每天要去哪裡了。可是，還有什麼路可以選呢？想要跟他們一樣，或

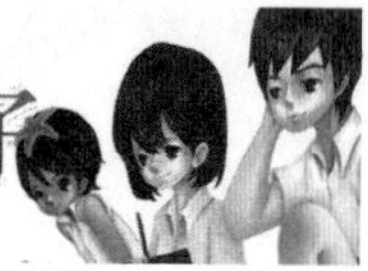

是不想要跟他們一樣，這都不是自己能決定的吧……」

沈重的話題，蔡宗澤想了想，引來瞌睡蟲攻佔眼皮。正要倒頭大睡，前幾天在沙灘碰到的孩子又出現了。

「你……」蔡宗澤看了一下手錶，並回想上次小男孩出現的時間，笑說：「你跟我一樣都喜歡蹺課啊？」

「我沒有喜歡蹺課。」

「哼！不喜歡蹺課，那我怎麼老是在該上學的時間看到你，而且你身上還穿著制服，真是……那個叫什麼來著……『針』眼……『針』眼說瞎話。對對對，就是『針』眼說瞎話。」

「大哥哥，什麼叫做『針』眼說瞎話？」

「哼！」蔡宗澤上次沒仔細看，今天倒是看個仔細，他看了一下藍天制服胸口繡有學校、年級和學號，唸說：「三津國小六年級，學號45678，藍天……你的名字就叫藍天？好特別的名字。」

「大家都這麼說。」

「原來是學弟。嘿嘿！小學生當然不懂，等你唸初中就知道啦！」

其實蔡宗澤也不太確定自己說的意思，趕緊顧左右而言他，小男孩則是認真的思考著，追問說：「大哥哥，告訴我嘛！」

蔡宗澤好久沒有認真聽課，剛剛只是不小心想到自己每次胡亂編造蹺課的理由，導師都會講個詞，所以就順口說了。現在小男孩一直問，他可不想在小孩子面前丟臉，運轉了一下好久沒用的腦袋，說：「就是長了針眼，眼睛不舒服，看不到眼前東西，所以只能像瞎子一樣說話的意思。」

「好複雜喔……難怪要等到唸初中才會懂。」

蔡宗澤眉頭一皺，說：「你怎麼國小就懂得蹺課啊？」想到自己國一才開始蹺課，自己倒是在這方面落後了眼前這位小鬼。

「我也不想，可是在學校心情不好，看到大海我心情就會變好，所以就跑出來了。」

「看到大海心情就會變好？我怎麼每次來都沒有這種感覺，倒是海風一吹，太陽一照，會想睡個回籠覺。」

藍天脫下上衣，對蔡宗澤說：「大哥哥，要不要來游泳？」

蔡宗澤本來一副痞樣，聽到「游泳」兩個字，臉色微微發白，有些慌張的說：「不、不了，我想睡覺，你要游自己去游吧！」

太陽西下，從白晝的顏色轉為黃色，又漸漸變化為柳橙般的橙色，夕陽掛在海面，露出半顆頭，整片海面被染得金黃，幾點漁船落在金黃色中央，這是鯨歌村一天之中最美的時刻。放學後，邱靜雯見到今天的夕陽比平常還要美，回到家拿起裝有各式畫具的畫袋，揹起畫架就往海邊走。

邱媽媽見到女兒才回來又要出去，說：「雯雯，才回家又要去哪兒？」

「今天夕陽很漂亮，我要去海邊寫生。」邱靜雯坐在玄關一邊穿鞋子，一邊對媽媽說。

「怎麼不幫忙媽媽一起做飯？」

02　海灘

「我也想，可是今天夕陽太美了，今天不畫，明天就看不見了。」

邱靜雯出門，邱媽媽最後還不忘交代：「要早點回家吃晚餐唷！」

邱靜雯喜歡畫畫，比起唸書，這更是她真正喜歡做的事。鯨歌村各個景點，幾乎都有她寫生的痕跡，包括一些鮮為人知的地方。去年暑假，她在海邊尋找新的寫生景點時，意外發現在一木麻黃樹林後頭的白沙海灘。

今天的夕陽，邱靜雯想如果能配上那片乾淨的白沙與大海，肯定很美。而且，那邊還有一位特別的孩子，從來不畏懼成為自己筆下寫生的對象。

來到海灘，邱靜雯見到蔡宗澤，愣了一下。蔡宗澤這時候早已睡醒，對著夕陽打了一個好大的哈欠，見到邱靜雯出現，很是驚訝。

「你（妳）怎麼在這裡？」邱靜雯和蔡宗澤兩人同時說。

「我來睡覺。」蔡宗澤拍拍身上的沙子，說。

「我是來……」邱靜雯越說越小聲，她覺得自己平常喜愛唸書以外的形象被蔡宗澤瞧見，有點不好意思。

「看也知道妳是來畫畫的，我聽說妳很喜歡畫畫，還代表學校參加過比賽。」

「嗯！」

「嘿！話說這個地方還真隱密，我還是第一次見到小鬼以外的人來這裡。」

「小鬼？你是說藍天嗎？」

「對，妳認識他？」

「當然，他住在這裡。」

「那傢伙超會鬼扯，說什麼這裡是他家。」

「有什麼關係。」邱靜雯維護藍天，說。

「妳畫吧！我走了。」

蔡宗澤不想打擾邱靜雯，也不想讓邱靜雯打擾自己。在他心裡覺得自己和邱靜雯不是同一種人，而他遇到那些跟自己不一樣的人，總是選擇離開。

3. 叛逆小子

「我回來了。」

蔡宗澤揹著空無一物的書包回到家，很隨便的把鞋子從腳上踢開，大搖大擺的走進客廳。

「爸……爸爸。」蔡宗澤沒想到今天老爸竟然這麼早就在家，見到爸爸坐在沙發上，有點嚇一跳。

「宗澤，你回來啦？」蔡宗澤班上導師和父親坐在一起，好像正在討論什麼事。

見到導師，蔡宗澤覺得今天肯定又要有苦頭吃了，微微咬牙。

「坐。」蔡阿福說話向來簡單，還是一貫在漁會裡頭命令人的口吻，對兒子說。

蔡宗澤誰都不怕，就怕嚴肅的爸爸，心裡就算不願意，還是乖乖坐下。

「今天李老師來找我，剛剛和爸爸談了很多。」蔡阿福對兒子說，也是對他的導師說。

「你們談就好了，我先回房間。」蔡宗澤想要逃跑，才站起來就被爸爸銳利的眼神叫住，又坐了下來。

「宗澤，你已經初二了，是該好好計畫未來了。」李老師說。

「我也這麼認為。」蔡阿福說。

「鯨歌村沒有高中，如果考量未來唸書需要，勢必要離開鯨歌村，到台中去。」

「那沒有關係，我家都供得起。」

「蔡先生，供不供得起不是問題，問題是令郎的成績。」李老師怕傷了理事長的面子，講到後面音量變小。

「自己孩子怎麼樣，我當然清楚，這部份還望老師多多幫忙。」蔡阿福客氣的說。

「我能幫的忙有限，考試什麼的還是必須靠宗澤自己努力。」李老師語氣委婉。

蔡宗澤最不喜歡大人那一套拐彎抹角的客套話，想說的話不禁脫口而出。

「就說我考不上。一句話不就結了，囉唆一大堆。」

「啪！」蔡阿福一拍沙發扶手，微微挑眉說：「大人說話，小孩子插什麼嘴？」

「理事長，您別生氣，宗澤這孩子天資聰穎，這我們老師都知道，就是差一個唸書的心。只要有心，什麼時候開始都不晚。」李老師對蔡阿福說。

「李老師，在學校您就儘管對我們家宗澤嚴厲管教，我平常忙漁會的事情，這方面的事情就拜託老師了。」

「理事長您太客氣了。」

蔡阿福平常很少送客送到門口，今天卻特別送到玄關。

「理事長，您就別送了。」

「李老師，宗澤的成績就拜託您了。」

「理事長，有些事情不是我一介小小老師可以決定的。」

蔡阿福對家裡傭人一擺手，傭人拿了一罐茶葉，用紅色紙袋裝著遞給他。

蔡阿福將茶葉交給李老師，說：「老師，一點薄禮還望您收下。另外，我聽說老師這幾年考績都拿甲等，聽家長會裡頭其他委員跟我說，您還有意擔任訓導主任，為更多學生服務，真是有心啊！明天我跟家長會其他委員還有校長吃飯，有機會我再對校長和委員們美言幾句，相信對您競爭明年訓導主任的位置多少有點幫助。」

李老師本來還有點猶豫，該不該收下蔡阿福的禮，聽他已經說得那麼明白，想到自己真要成為訓導主任，肯定需要理事長的影響力，便把禮物收下。

「理事長為村民們付出那麼多，我作為村民的一員，自然也當善盡一己之力。令郎的成績您就別擔心了，包在我身上。」

「哈哈哈！李老師真是明理的人，很好。」蔡阿福終於露出笑容，這一套「喬」事情的手法，他可是常常對有頭有臉的縣議員或生意上往來的對象使用，看來面對學校老師，同樣有效。

晚餐，蔡宗澤隨便吃了幾口就回房間。

打開窗戶，他看著外頭星空，聽著院子裡頭嘈雜的蟋蟀聲，突然想到藍天。「如果可以跟那個臭小子一樣自由自在就好了。」

「咚咚！」蔡媽媽敲了兒子的門。

「我在唸書，不要吵我。」

「宗澤，你晚餐沒吃幾口，應該餓了吧？媽媽端了吃的給你。」

蔡宗澤打開門，見媽媽手上拿著一個餐盤，餐盤上一大碗飯，飯上面有一根香噴噴的滷雞腿、四季豆，還有幾片醬菜。

「謝謝媽媽。」蔡宗澤吁了一口氣，說。

「宗澤，爸爸他是為你好。」蔡媽媽不只是為兒子送飯來，其實主要是想調解父子兩人的矛盾。

蔡宗澤喃喃說：「為我好……爸爸這麼說、老師這麼說、大家都這麼說……」

「這個年頭，要唸書才能出頭。」諸如此類的大道理，蔡宗澤從小聽到大，早就會背了，他不想跟媽媽吵嘴，隨便敷衍幾句把媽媽趕出房間，把門關上。

夜晚的木麻黃樹林，一隻野兔不甘寂寞的在夜空下漫步。

「唰！」地上有一個洞，洞用幾片棕櫚葉蓋住，兔子腳下踩空，掉入洞中。藍天從一棵木麻黃樹上跳下來，拍手樂道：「今晚有兔子可以吃了。」

藍天把兔子從洞裡頭抓出來，俐落的除了兔毛，放了兔血，然後在木屋後面紅磚堆疊的土窯升起火，用粗樹枝串起兔子，在火上烤起兔肉。

「藍天？藍天？」一位穿著洋裝的女老師，在木麻黃樹林裡頭迷了路，她叫喚藍天的名字，只見四面八方除了樹，其它什麼都沒有，不禁害怕起來。

「啊！」

藍天聽到樹林裡頭有聲響，笑說：「太棒了！今天晚上有兩隻兔子。」跑過去，只見一位女子半個身子陷入沙地，正努力的想要爬起來，可是鬆軟的沙地怎麼也使不上力，著急得哭了出來。

「老師？」藍天本以為是兔子，見是一個人，走近一看發現竟然是自己的級任導師施老師。

藍天雙手把施老師從陷阱中拉出來，施老師洋裝各處沾上沙土，下擺被陷阱扯破一大片，很是狼狽。

跟著藍天，施老師坐在烤兔肉的火窯旁，一臉委屈，對於剛才自己的遭遇，像是還沒能平復自己的心情。

來。

「老師，水。」藍天端了一杯水給老師，老師喝了一口，又開始抽噎起來。

「老師怎麼會來？」

施老師喝了兩口水，說：「今天輪到你的家庭訪問日。」

「咦！我怎麼沒有聽說這件事。」藍天摸摸自己的頭，顯然在狀況外。

「算了，我也不意外，你老是課上到一半就從教室消失了。」施老師從幸好沒有丟在樹林裡頭的包包，拿出那張印有「家庭訪問日」的紙，交給藍天。

「原來是今天啊……謝謝老師那麼晚還跑來。」

「嗚嗚……」施老師哭起來，聽到藍天開朗的笑聲，反而讓她更加覺得自己真是倒楣透了，不住抱怨：「為什麼我要分發到這種鬼地方當老師，我想回台北、我想回台北！嗚嗚……」

施老師是去年分發到鯨歌村服務的實習老師，她自小在台北大都會區長大，從來沒有到這麼鄉下的地方，好不容易忍受一個多學期，眼看就要熬過去，今天竟然因為家庭訪問把自己搞得那麼狼狽，心中覺得委屈，又覺得想家，再也無法控制自己的眼淚。

藍天不知道該怎麼安慰大人，只能坐在施老師身旁，看著她哭。

「老師，妳不要哭嘛！」

「你什麼都不懂，唉！算了。」

藍天想要對老師表現一點自己的好意，割下最肥美的兔子腿，伸到老師面前說：「老師，請妳吃。」

施老師小小感動了一下，心想：「孩子終究還是孩子，算有良心。」

施老師吃了一口烤兔腿，眼睛瞪得老大，說：「好好吃喔！」

「老師喜歡的話，另外一隻腿也給妳。」

施老師心情平復，左右張望一下環境，對藍天說：「我看資料，你家就剩下你一個人了嗎？」

「嗯！」

「唉！社會局怎麼沒有發揮作用呢？你一個小孩子怎麼能照顧自己？」

「沒關係，我從小跟阿嬤一起長大，阿嬤有教我自己煮飯、洗衣服，我能照顧自己的。」

「你不懂，這是政府的責任。就算你能照顧自己，也不應該讓你一個孩子單獨住在這麼簡陋的地方。」

施老師拿出學校為老師準備，列有一張家庭訪問日要問的問題清單，裡頭的問題都要問家長，可是藍天根本沒有家長，只好作罷。挑了幾個她覺得藍天可以回答的問題，叫藍天回答。藍天對於每個問題都有些疑問，施老師很有耐心的一一解釋，透過藍天的回答，她瞭解藍天長期缺乏照顧，回家多半不可能唸書，對於一些大多數孩子知道的詞彙，藍天都聽不太懂。

大略問了一下，施老師手上兔腿也吃得差不多了，她對藍天問：「這是烤雞腿嗎？嗯……可是這腿作為雞腿也太瘦了，是鵪鶉嗎？可是對鵪鶉來說又太粗了。藍天，這是什麼肉？」

藍天笑嘻嘻的說：「兔肉。」

施老師聽到是兔肉，頓時沒力，她從來沒吃過兔肉，倒是曾經養過兔子當寵物。兔腿脫手而出，藍天眼明手快，把兔腿接住。

「老師，妳不吃了嗎？」

「啊！」施老師尖叫，抓起包包就想趕快回家。藍天追上去，說：「老師，我送妳。」

施老師這一天的運氣顯然不好，走沒幾步又掉進另外一個陷阱裡頭。藍天摀住嘴，看著掉進陷阱的施老師，就怕她見到自己因為好笑而不自覺露出的笑容。

4. 愛畫畫的女孩

掃地時間，李老師正在檢查各個同學們打掃的區域，看大家有沒有掃乾淨。邱靜雯在講台擦黑板，同時在黑板邊邊把明天的值日生，以及每天更換的座右銘寫上，擦掉「今日事，今日畢」，換上「有志者事竟成」。

「靜雯，辛苦啦！」李老師看著擦得乾乾淨淨的黑板，說。

「不會，我應該做的。」

「二年級很快就要結束了，妳可要好好想想自己的未來。」

「我一直都有在思考。」

「以妳的成績，大可以考上台中女中。我真羨慕老邱，如果我兒子以後有妳一半認真就好了。」

「老師，我……」邱靜雯愛唸書，但除了唸書她還有更想做的事，可是這個心願她一直說不出口，對老師是這樣，對爸爸媽媽也是這樣。蔡宗澤這一天沒有蹺課，乖乖上到最後一堂課。因為這一天是禮拜六，只要上半天。

放學後，蔡宗澤到了撞球場，他的好朋友都已經到了，大家開了一桌。

「菜脯，怎麼這麼慢？」大寶見到蔡宗澤，很親暱的叫出只有他們幾位哥兒們才知道的外號。

「我今天可是有好好上到最後一節課，不像你們。」

「不像我們？哎唷！人家菜脯要當好學生囉！」二寶跟大寶是雙胞胎，對蔡宗澤說。

「好啦！不要囉唆了。趕快來敲一桿！」蔡宗澤把書包丟在一旁的椅子上。

「哪有好學生打撞球的？我看你今天在旁邊坐就好。」大寶調侃著。

「好笑，你們不讓我打，是怕輸吧？」蔡宗澤拿起球桿。

「誰怕輸，今天賭多大？」大寶不想被看扁。

「一樣啊！一分一角，打個十局。」蔡宗澤說。

「ＯＫ！」大寶、二寶異口同聲。

蔡宗澤有些疑惑的問：「怎麼沒見到阿高？」

二寶不經意的回答：「他跟老爸出海了，還沒回來。」

「對喔！兩個月之後才會回來吧？」蔡宗澤搔搔自己的腦袋。

「差不多。」大寶邊開球邊說。

「便宜你們了，阿高在的話，你們不輸慘才怪。」蔡宗澤開玩笑的說。

「笑死人，他在是我們三家輸一家。」二寶不表同意。

「哈！也是。」三人笑成一團。

大寶跟二寶國小畢業後沒有再往上讀書，在家裡幫忙。他們家專門進魚貨，在漁港的市場叫單，然後再批給中部各地市場，算是個中盤商。阿高是蔡宗澤一群四個好友中年紀最大，也是主要提供意見的人。但他沒有另外三位好友那樣好命，可以一直待在陸地，每年都得跟著爸爸和家裡其他船工出海捕魚。

蔡宗澤打的遊戲規則是「九號球」，大家按照號碼順序一個一個把球打進去，直到把九號球打進去才結束。他們的遊戲算法是進一顆球算一分，如

果失誤，像是不小心把母球打進就要扣一分，然後打進九號球的人加十分，打完十局結算。縱使有勝負，但贏錢的人會把錢的一部分拿出來請客，所以志在好玩，不是真的要賭錢。蔡宗澤的球技不怎麼樣，但是個性敢衝敢拼。

大寶打了一個技術球，把三號球藏在七號球後面，母球則是在洞口，被八號球擋住。蔡宗澤可以選擇放棄這一桿，把球權交給二寶，但他總是選擇自己來，就算失誤會扣分，輸錢也沒關係。

「咚！」蔡宗澤打了一個跳球，母球飛過八號球，眼看就要擊中三號球，但球在空中飛行的距離不夠，先打到七號球。

「哈！扣分！」大寶見蔡宗澤失誤，高聲叫好。

「可惡！」蔡宗澤失誤，「嘖」了一聲。

「這一球不知道阿高會怎麼打？」蔡宗澤說。

「天知道，反正他一定會有他的辦法。」

「是啊！阿高在就好了。」蔡宗澤喃喃自語。對於未來該做什麼，蔡宗

澤沒有頭緒，但他相信阿高如果在的話，多少可以聽聽自己的抱怨，順便給自己一點意見。

二寶把三號球打進，跟著又推進四號球，他繞過球檯，往下一顆球走過去，說：「阿高當年真可惜了，明明是全校第一名，卻不能唸高中，要出海捕魚。」

「對啊！聽鄰居說過阿高是鯨歌村十年難得一見的天才，很有機會上台中一中，可是最後還是繼承家業，待在鯨歌村當漁夫。」大寶也跟著感嘆。

「菜脯，你以後應該也要繼承家裡，在漁會工作吧？」二寶問蔡宗澤。

「啥？喔……大概。」蔡宗澤想到阿高，又想到自己。阿高的選擇，可能就是自己未來的選擇，蔡宗澤不敢想。他不喜歡爸爸在漁會的工作，好多客套話，也好多虛情假意。可是被老師和爸媽問到以後要做什麼，他自己也不知道。

「我不玩了。」蔡宗澤打完這一局，把球桿放回架上，跟兩位朋友道了

再見。「才打了五局耶！你怎麼就跑啦？」大寶和二寶見蔡宗澤今天悶悶的，想他大概遇上了什麼煩心的事，不想擾亂他的心情，今天就當作打一場沒有賭博的健康撞球。算帳的時候，大寶掏掏口袋，對二寶說：「弟弟，你有帶錢嗎？」

「哥哥你不是說你會帶錢，所以我就沒帶皮包出門。」

「這……我也沒帶錢。」大寶在二寶耳邊輕聲說。

「慘了。」大寶和二寶這天只好在撞球場打掃抵債，也幸好蔡宗澤這天比平常早了至少一半的時間離開，他們只需要掃今天。

隱密的白色沙灘，邱靜雯正在對著大海寫生，海上幾隻海鷗低空飛過，點綴深藍色的海面。藍天這天也上到最後一節課，中午回到家，見到邱靜雯，跑過去打招呼。

「姊姊，妳今天也來畫畫？」

「對啊！」藍天的心就像清澈的大海，任何來自他人的一點心情波動，他都能清楚感覺的到。他盯著邱靜雯的臉看著，邱靜雯有點不好意思起來，雙頰微微泛紅，說：「你在看什麼？」

「姊姊是不是心情不好？」

「我哪有。」

「可是妳的嘴角向下彎啊！」藍天雙手把自己的嘴角往下扯，對邱靜雯做了一個鬼臉。邱靜雯「噗哧」一笑，說：「好啦！就算本來心情不好，見到你心情就好了。」

「真的嗎？那就好。姊姊，妳今天在畫什麼？」

「我在畫海鷗。」

「為什麼要畫海鷗？」

「可能因為看到海鷗，覺得牠們很自由吧！想要往東邊飛就往東邊飛，想往西邊飛就能往西邊飛。」

「妳不可以嗎？」

「我當然不可以，我又不是海鷗，沒有一雙翅膀。」

「可是姊姊有一雙可以走到任何地方的腳。」邱靜雯聽到藍天說的，好一會兒都說不出話，然後淡淡的說：「你說的對。」

「姊姊很喜歡畫畫吧！我經常見到姊姊來這邊畫畫。」

「是啊！畫畫是我最喜歡做的事情。呵！你還記得我第一次來的時候嗎？」

「記得，跟上次那位大哥哥一樣，都是不小心從斜坡上面滑下來。」

「什麼！你說蔡宗澤也跟我一樣。」邱靜雯聽到平常天不怕地不怕，一副生人勿近的學校頭號問題學生也有耍笨的時候，想像他從斜坡上跌下來的畫面，不禁笑出來。

「不過也因為那一次，我才知道原來這裡有這麼美麗的沙灘。這片沙灘沒有污染，非常非常乾淨，就像從來沒有人來過一樣。來到這裡，我的心情

總是能夠平靜下來。藍天，你知道這片沙灘叫什麼名字嗎？」

「嗯……我阿嬤在的時候，她說這片沙灘叫做白鯨灣。」

「白鯨灣？好美麗的名字，可是為什麼叫做這個名字呢？」

「因為阿嬤說這裡以前曾經有人見到整個身子都是雪白色的鯨魚出現，所以才叫這個名字。」

「那你有見過白色鯨魚嗎？」邱靜雯興奮的尖叫，她從來沒有見過渾身雪白色的鯨魚，聽藍天說起，內心湧起想要為白色鯨魚作畫的欲望。藍天搖搖頭，說：「聽我阿嬤說，在我出生那一天，白色鯨魚有出現。可是後來自我有記憶以來，就再也沒有見過了。」

「真可惜。」邱靜雯有點失望，又問：「你阿嬤有說過白鯨什麼時候會出現嗎？」

「不曉得，但阿嬤說過只要鯨歌村的人好好守護這片大海，白色鯨魚還會再來。」

5. 期末考

光陰荏苒，不等待任何人，也不為任何人停留。

蔡宗澤與邱靜雯，他們對於未來規劃尚未成形，初中生涯卻已接近終點。這個期末考結束後，初中的最後一年即將到來。

考卷發下來，邱靜雯竟然有點捨不得，以前最討厭考試，可是一想到將是初二最後一次考試，以後再也沒有機會坐在現在這個位子上，坐在現在這間教室，遲遲無法下筆。

李老師發完題目卷和答案卷，下來巡視每一位學生考試的情況，見到坐在第一排的邱靜雯還不下筆，走過去關心：「靜雯，怎麼了？」

「沒有，只是想把題目看清楚。」

「是嗎？」

邱靜雯不想讓老師擔心，趕緊開始動筆。

蔡宗澤一拿到考卷，搶著當全班第一個將考卷寫完的人。整張考券基本上沒有一題是他會的，而這一堂考的又是全部選擇題的歷史，他完全靠著直覺來四選一，連其中一半是複選題也沒發現，三分鐘不到就把考卷寫完，趴在桌上睡覺。

李老師見蔡宗澤都已經到了初二最後關頭，還是不知醒悟，內心覺得有點遺憾：「唉！要不是你有個很有勢力的老爸關照，你早就被留級了。」

經過一天考試，距離學期結束就剩下三個禮拜。之後，唸升學班的初三學生們還不能放假，畢業典禮隔天就要回到學校繼續衝刺，參加針對高中考試的輔導課。此外，二年級有望繼續攻讀高中的學生們，也得參加暑期輔導。

蔡宗澤被編入升學班，這當然是他父親蔡理事長的決定。鯨歌初中校長和蔡理事長是好朋友，儘管蔡宗澤功課爛到不行，只要蔡理事長一句話，就能幫孩子選擇任何一個班級就讀。

期末考結束後一個禮拜，下學年重新分班的名單公佈在中廊的公佈欄。

同學們下課搶著去看，大家都想知道還能不能跟自己的好朋友同班。

邱靜雯站在人群的最外圍，好不容易等到大多數人都散了，她才能夠擠到前面去，她仔細看了一遍，見到自己的名字出現在三年一班的名單裡頭。果不其然，學業成績優異的她又被編入了該年級最好的班級，同時她也看了一下名單，看其中有沒有新同學。

從人群中擠出來，比起擠進去更加困難。邱靜雯離開中廊，在教室走廊上見到手上拿著一瓶彈珠汽水，無神看著操場的蔡宗澤，過去對他說：「蔡宗澤，明年我們又能當同學了呢！」

蔡宗澤看起來不是很開心的樣子，對邱靜雯告知他分班結果，表情上絲毫沒有一點興趣。他「哼」了一聲，因為他早就知道會是這個結果。

「你不高興嗎？」

「有什麼好高興的，還不是我老爸要的。」

「可是……就算是這樣，既然有機會唸前段班，你不打算好好拼一下高中聯考嗎？」

「班長，妳又不是不知道我根本就沒在唸書的。哎唷！我根本不想唸什麼前段班，把我丟進前段班只會影響大家唸書而已。」蔡宗澤講完，回到教室又想拎著書包蹺課。

邱靜雯不知道自己哪來的勇氣，她擋在教室門口，對蔡宗澤說：「你如果真的不想唸前段班，有種就跟你爸爭取不要唸，不要老是一副勉強的樣子。你知道有多少人辛辛苦苦的唸書，就希望有機會可以唸前段班，可以讓學校最好的老師教，有更好的機會參加聯考。如果你不珍惜這個機會，麻煩讓給別人。」

從來沒有人這麼誠實的把情況說給蔡宗澤聽，他聽了邱靜雯的話，先是生氣，後來是為自己原來在班長眼中根本是個不入流的傢伙感到難過。

「對不起。」蔡宗澤拋下這句話，走出教室。

下節課，李老師向同學們宣佈暑期輔導的課程規劃，並且指定了暑假作業。

「各位同學，這個暑假不是一個你們可以玩耍的暑假。古人說得好：『書中自有顏如玉，書中自有黃金屋。』各位一定要好好把握這兩個月得來不易的時間，把握別人在放暑假，你們卻在用功的機會。書唸得不夠多的要把握這段時間迎頭趕上；本來成績就名列前茅的，則是要好好利用這個機會拉開與其他人的差距，確保能夠考上第一志願。想要改變生活，最重要的就是讀書……」

底下同學交頭接耳，邱靜雯左手邊的好朋友芳芳對她說：「等一下老師又要開始講他小時候種田的故事了。」

果不其然，李老師口沫橫飛的訓勉了同學一頓，又拿出他自己的故事對大家說：「老師小時候家裡是種田的，其他孩子都可以放學以後出去玩，我必須早上起來放牛，晚上回家幫忙爸爸媽媽補草鞋。週末也不能休息，要跟爸爸、叔叔和爺爺到田裡頭工作。夏天很熱，冬天就更辛苦了……」

有的故事聽一次會感動，聽第二次會覺得有點意義，但到第三次就會讓人開始想打瞌睡。班上同學都聽李老師講過至少三十遍，老師以前多辛苦多辛苦，後來憑著用功讀書考上師範大學的故事來勉勵大家要認真讀書，改變自己的生活。有的同學幾乎已經可以倒背如流，老師本來用意良好的故事，反倒成為同學們的笑談。

講完故事，李老師又說：「在說明暑期輔導注意事項之前，我們先來檢討期末考考卷。」

李老師指示第一排同學將考卷發下去，收到考卷的同學們臉上出現各種表情。對於自己成績感到滿意，或是意外得到好成績的人，臉上掛著笑容，忍不住想要再多看幾眼；考不好的同學收到考卷，像是拿到什麼丟臉的東西，趕緊收進抽屜；有的人不信邪，咬牙切齒的認真對著每一題答案，想要看出是否有老師改錯的地方。

邱靜雯坐在第一排，總是輪到她發考卷的機會多，對於自己的考卷，她

沒有太多感覺，分數大多數都在九十分左右，不會有太大的變動。發到手上最後一張，那是蔡宗澤的考卷，邱靜雯默唸：「九分……國文考這個成績真是驚人！」又想了一下其它科目蔡宗澤的考卷成績，簡直就是個位數大會串。

蔡宗澤不在位子上，他的考卷全攤在桌上，坐在他四周的同學瞥見蔡宗澤的考卷成績，都在偷笑。

「怎麼會有人這麼會考，連選擇題都猜錯這麼多？」「你看他地理才是經典，怎麼會有人北京、南京傻傻分不清？」「快看！他數學一題都沒有答對耶！哈哈哈……」

「大家安靜！」李老師要開始檢討考卷，見底下吱吱喳喳的，不高興的說。

邱靜雯有點擔心蔡宗澤，兩個人從小幾乎都是同班，也因為彼此爸爸工作的關係見過彼此多次。在她印象中，蔡宗澤小時候不是這麼頑皮的孩子。

當大家靜靜的聽著講台上李老師講解國文科考卷，談到《論語》在聯考中的配分比重，後排一位女同學眼淚「撲簌簌」的從臉頰上流下來，她刻意壓低哭泣聲，但還是驚動了周圍同學。

「汪惠娟，妳怎麼了？」同學們對哭泣的女同學關心問道。

李老師也放下粉筆，走過來說：「這次考不好，下次再考好就行了。」

汪惠娟拿出手帕擦眼淚，但眼淚流得比擦得更快，她哭著說：「不公平！為什麼明年我要被編到三班，可是蔡宗澤每一科都考個位數，卻可以繼續待在一班？我不甘心，因為他爸爸是漁會理事長就可以想怎樣就怎樣嗎？」

其他同學對於這件事可是心底清楚，但大家都沒有明講。有些同學跟邱靜雯一樣，從一年級的時候就跟蔡宗澤同班，他們看著蔡宗澤不管怎麼打混，考試考得再怎麼爛，總是可以繼續留在最好的前段班。大家都知道是因為蔡宗澤父親位高權重，對校長有影響力，但久了大家也就習慣了，更何況

誰也不想惹蔡宗澤這個愛動粗的煞星。

「汪同學，分班這件事情的因素很多。嗯……妳就不要放在心上了，聯考才是真正的考驗，現在分班什麼的都只是不重要的過程。」李老師不知道該怎麼對汪惠娟說明這個世界就是這麼不公平，自己說了一堆心虛的話，只好把學生們都叫回座位上：「大家快回到座位坐好，今天要是考卷檢討不完，全部給我晚放學。」

6.
暑假

以往最喜歡窩在撞球場的蔡宗澤，最近來到白鯨灣的時間比去撞球場的時間還要多。每次來，他都會遇到藍天，而藍天每次都會邀請他一起去游泳，但每一次他都拒絕了。

邱靜雯帶著書，來到白鯨灣。

「班長，妳也跑來啦！今天不用上輔導課嗎？」

「暑假第一週不用上課，暑期輔導是下禮拜一開始。」邱靜雯把一疊考卷交給蔡宗澤，蔡宗澤拿起那些個位數考卷，裝作沒看到似的擱在手邊的沙地上。

「你知道汪惠娟哭了嗎？」

「有聽說。」

「你知道她為什麼哭嗎？」

「為什麼？」

「因為你！」見邱靜雯微微發怒，蔡宗澤喊冤說：「關我什麼事？」

「汪惠娟是個認真的女生，可是明年她就要到中段班去了。」

「到中段班是因為她成績不夠好吧？如果成績一直都是全班前百分之五十，那就不用擔心會被編到其它班啦！」

「那你呢？你都不用唸書，就能一直唸最好的班級。」

「喂！妳不要講些有的沒的。」蔡宗澤聽到關於自己因為特權而能唸好班的事情，從地上站起來，指著邱靜雯鼻子說。

「那你去跟汪惠娟說，告訴她為什麼努力唸書卻還是要被迫離開一班。」

「我我我……」蔡宗澤說不出其它的原因，因為他自己對這件事比誰都心虛。邱靜雯沒有逼蔡宗澤表態，反倒在這時說：「宗澤，大家都沒有怪你，因為大家都明白你的苦衷。可是，如果你的態度不改一改，會讓人很傷心的。」

蔡宗澤雙手一攤，很無奈的說：「怎麼改？我就是這樣啊！」

對於自己，蔡宗澤何嘗不感到失望，他走向大海的方向，走了幾步又停住，故意不讓邱靜雯見到自己脆弱的表情。

「宗澤，你沒有夢想嗎？」

「好像沒有。」

「真的沒有？」

「那妳呢？班長的夢想是什麼？」蔡宗澤轉身問邱靜雯說。

他的眼神很銳利，十分期盼邱靜雯的回答，好像從邱靜雯的回答中能夠幫助自己找到未來的方向。邱靜雯的頭垂了下來，她和蔡宗澤不一樣，蔡宗澤不知道自己以後想做什麼，她則是不敢選擇自己想做的。這一次，邱靜雯沒有逃避，她想到自己是班長，應該要給同學做個好榜樣。

「我想要考師大美術系，以後當畫家。」

「當畫家，真的假的？我以為畫畫只是妳的興趣。」

「是我的興趣。」

「可是大人們不是都說興趣不能當飯吃？」

「是啊！所以我不敢跟大人說我以後想做的事。」蔡宗澤同情起邱靜雯來，安慰她說：「往好的方面想，至少妳有自己的夢想。我什麼都沒有，唉……」一望無際的大海，就像人的未來，看不到邊際。

藍天從海裡頭走上沙灘，他的頭髮因為浸濕而結成一束一束的，像是頂著一頭仙人掌。

「哥哥、姊姊，你們來啦？」藍天見到蔡宗澤和邱靜雯都很高興，平常他幾乎都一個人行動，只有這兩個人會沒事跑來陪他。

「臭小子，見到我這麼開心嗎？」蔡宗澤笑說。

藍天用力點頭，說：「當然啊！大哥哥，你要陪我玩嗎？」

「好啊！你要玩什麼，小時候我可是村裡的遊戲小霸王，不管玩什麼我都不會輸。」蔡宗澤吹噓說。

「我們比賽誰能夠在海裡撿到最大顆的貝殼，好不好？」

「這個……這太簡單了，我們比難一點的。」

「那……不然我們比賽誰能夠在水裡憋氣憋得最久？」

「這對你不公平，我比你大好幾歲，又比你高，我的肺活量肯定比較大。我蔡宗澤從來都不是欺負弱小的人，換一個！」

「好吧！不然我們比賽看誰能夠游得最遠，你說好不好？」

蔡宗澤不耐煩的說：「小弟弟，怎麼你要玩的遊戲都離不開大海！不然這樣，我們比賽堆沙堡，看誰堆的城堡最漂亮，就算贏了。這裡有一位很會畫畫的大姊姊當評審，她說誰贏就誰贏。」藍天有點為難，對於蔡宗澤的建議似乎不怎麼感興趣，對邱靜雯說：「姊姊，還是妳要跟我一起玩？」

蔡宗澤見自己的提議，竟然被藍天無視，生氣的說：「小鬼，是你找我玩的耶！怎麼現在又不跟我玩了。」

「可是我不想玩堆沙堡。」

「不想玩就算了！」蔡宗澤賭氣說。藍天哪能就這樣放過蔡宗澤，他見到邱靜雯在，想說是個讓大哥哥展現泳技的好機會，便跟邱靜雯小聲商量。

「大姊姊，我每次找大哥哥游泳，他都拒絕我，我今天一定要讓他下水不可。」

「可是蔡宗澤力氣很大，而且脾氣又拗，如果他不願意，沒有人可以逼他。」

「我好像懂妳的意思……可是我有個好方法，姊姊願意幫我嗎？」

「好啊！什麼方法。」藍天對邱靜雯說了自己想的方法，邱靜雯聽完差點沒笑倒在地上，說：「你真調皮。好！大姊姊幫你。」

藍天回到大海游泳，邱靜雯假裝在玩沙，蔡宗澤手上拿著一本《諸葛四郎》漫畫，隨意讀著。

突然，海裡頭傳來藍天的驚呼聲：「救命啊！救命啊！」

邱靜雯趕忙朝海邊跑，對藍天叫道：「怎麼了？」

蔡宗澤也聽到藍天求救的聲音，把漫畫往地上一丟，趕緊跑過去。

「我腳抽筋了！」藍天載浮載沉，雙手拍打著水面，濺起好多浪花。

邱靜雯拉著蔡宗澤的手，一臉緊張的說：「宗澤，怎麼辦？」

「我也不知道啊！」蔡宗澤何嘗不擔心藍天，可是他著急歸著急，卻一直沒有實際行動，只是站在海邊看著，往前走了幾步，大概到了海水淹到膝蓋高度的地方，就不再向前進。

「藍天，你還好嗎？」

「我快沒力了。」

「宗澤，快去救他！」

「我……」蔡宗澤看著藍天掙扎的樣子，覺得自己好無能，可是他往前走到水深快要及腰的地方，便裹足不前，看到海浪有點畏懼，甚至想要回頭就跑。正遲疑間，藍天整個人沒入海中。

「藍天！藍天！」邱靜雯和蔡宗澤對著海面大喊，但沒有一點回應。蔡宗澤著急的朝四處望，小腿突然有一股力量從水裡頭將他往更深處拉。

蔡宗澤完全失去平常一副「我是老大」的囂張模樣，嚇得驚慌失措，就想往岸上跑，但水底下的力量實在太大，他被帶著後退，倉皇間腳步一滑，喝了好幾口海水。

邱靜雯剛開始見蔡宗澤狼狽的模樣覺得有趣，看了一會工夫後才驚覺事情有些異狀，朝蔡宗澤方向叫道：「藍天，放開他。」

蔡宗澤感覺抓著自己腿的力量消去，沒命似的衝上岸，然後像是一隻海獅，趴在沙灘上不住喘氣。

「蔡宗澤，原來你不會游泳。」邱靜雯覺得好笑，又覺得蔡宗澤有點可憐。

「對啦！不行喔！誰規定一定要會游泳的。」

「那你不早說。」

「我……我不好意思說。」藍天這下也弄清楚怎麼回事，原來蔡宗澤之前拒絕他是因為不諳水性，過來道歉說：「對不起，我不知道大哥哥不會游泳。」

蔡宗澤突然彈起來，一把抓住藍天，雙手握拳在藍天頭上用力鑽，然後說：「臭小子，竟然敢偷襲我，看我還不好好教訓你。」

「大哥哥，我不敢了！」

「不要跑！」

上了陸地，蔡宗澤又成為陸上的統治者，藍天從他粗壯的雙臂底下好不容易逃出來，但蔡宗澤哪願意這麼輕易就放過他，兩人在沙灘上演了一場追逐戰。

邱靜雯見蔡宗澤和藍天兩個人天真無邪的樣子，覺得這兩個人雖然一個看起來天不怕地不怕，是大家眼中的壞孩子；另一個總是笑嘻嘻的，老是像個腦袋空空的笨蛋。但兩個人的本質其實很像，兩個人都很純真，都是不懂得人情世故的好人，同時也是笨蛋。

7. 來自大海的朋友

把握初中的最後一個暑假，短短的一個禮拜，大人們不會對要升初三的孩子們提出什麼要求。大人們知道如果這個禮拜不讓他們好好玩，接下來就沒有玩樂的時間了。

希望孩子好好唸書，以後才能考上好學校，另一方面卻也希望孩子有個快樂的童年。

自從邱靜雯和藍天知道蔡宗澤不會游泳後，蔡宗澤本來兇惡的形象此後蕩然無存，他們瞭解到看起來無論是多麼兇惡、厲害的人都會有弱點。

三人在海岸線旁的黃土路上散步，邱靜雯擔心即將到來的輔導課，蔡宗澤則是一想到輔導課就討厭，兩人都心事重重，只有藍天無憂無慮的在玩耍。

蔡宗澤很羨慕的對藍天說：「臭小子，你不考初中嗎？」

「不考。」藍天的暑假是貨真價實的暑假，他不用擔心考試。

「你確定？你只有國小畢業，是想以後當船員捕魚嗎？」

「那也不錯啊！」

蔡宗澤還想說些什麼，邱靜雯搭腔：「人家至少清楚自己在做什麼，哪像你混吃等死的。」

「妳……哼！我好男不跟女鬥。」

「對，好雞不跟狗鬥。」

「邱靜雯，妳罵我是雞？」

「呵呵！我可沒說喔！你沒認真上國文課，我這個叫做譬喻法。」

「呿！我不跟你們這些優等生一般見識。」蔡宗澤講不過邱靜雯，不甘心的說。

「藍天，我們這樣一直走，是要走去漁港嗎？」

「對啊！我答應一位叔叔，今天要去漁港找他。」

蔡宗澤停下腳步，說：「我不想去。」

「為什麼？」邱靜雯見蔡宗澤又不合群了，叉腰問說。

「我老爸在漁港那邊的漁會上班，周圍都是一堆囉哩囉唆的叔叔、阿姨，他們見到我就只會露出各種醜陋的表情。」

「什麼醜陋的表情？」

蔡宗澤可會學那些爸爸身邊的人，他先學漁會的櫃台小姐，一副客氣到好像他才是長輩，櫃台小姐是晚輩似的，說：「哎唷！好久沒見到理事長家的小帥哥了，今天是什麼風把你吹來。坐坐坐，大姊姊泡杯檸檬水給你喝。」

邱靜雯和藍天聽得都起雞皮疙瘩了，藍天對邱靜雯說：「幸好姊姊妳不會這樣講話，不然我全身都要癢起來了。」

蔡宗澤接著學漁港最大的捕魚船家，榮祥船隊胡老闆的樣子，說：「這不是蔡宗澤嗎？蔡理事長很了不起，平常很照顧我們大家。我老胡講話可是最實在的，可以說整個鯨歌漁港能有今日榮景，排名大中部第一漁港，都靠蔡理事長領導有方。哎唷！我看宗澤你長得跟你爸一模一樣，以後肯定跟你

爸一樣了不起，哈哈哈哈！」

邱靜雯聽完，吐舌頭說：「真是會拍馬屁的一個人。」

「這種人在我爸身邊多了咧！像蒼蠅一樣，趕走一隻，又來一群。」蔡宗澤早是見怪不怪。

「我不懂，為什麼大人要這樣說話呢？」

「我也不懂，只知道他們喜歡假來假去的，然後明明知道對方說的是假話，還是喜歡聽。」

「這個我懂，就像我們老師，每次有其他老師說她漂亮，她都會很開心。有一次訓導主任說她最近瘦了，那節上課還講了好多笑話給我們聽呢！」藍天舉一反三，很快回答說。

「小鬼，你這例子太貼切了。」蔡宗澤和藍天擊掌。

不知不覺，蔡宗澤的注意力被分散，等他回過神，自己已經在漁港周圍。

蔡宗澤本想閃人就走，見藍天沒有繼續往漁會那邊去，而是從另外一個方向，往最外圍，漁船最小的停泊口走去，放心跟了上去。

漁港最外圍的停泊口，這裡頭停的都是港內最小的漁船。

兩三艘膠筏緩緩進出停泊口，上面載著三三兩兩拎著釣竿的釣客。

一位正在清理膠筏，準備出海，一頭捲髮，嘴裡叼著一根香煙的中年男子見到藍天，用大嗓門對藍天喊道：「藍天，可等到你了！」

「你認識他？」邱靜雯問藍天。

「認識，他是許叔叔。」

許志輝把髒兮兮的雙手在褲管兩側擦了擦，對蔡宗澤和邱靜雯說：「你們是藍天的朋友？」

「算是。」

「我也是他朋友，那我們也算朋友囉！」

蔡宗澤和邱靜雯還真沒交過年紀比自己大超過二十歲的朋友，都覺得很

有趣。

「先生，要釣魚還是當保母啊？」有一群三人外地來的釣客要上膠筏，見到蔡宗澤一行人，打趣說。

許叔叔也不生氣，回說：「幾位是來鯨歌港釣魚嗎？歡迎歡迎。村裡頭幾間餐廳的海鮮都一級棒，幾位釣完可別忘了去大快朵頤一番。」

「先生，你少老王賣瓜自賣自誇了，我看這裡不過就是個小漁港，沒什麼了不起的。」

「是啊！我們哥兒幾個只是來玩玩，你也不用誇大其詞了。」

許叔叔見這幾位外來客口氣好大，決定要好好教訓他們，便說：「看幾位的裝備，想必都是專業釣客，我有點手癢，要不我們來比賽。」

「比賽？好啊！怎麼比？」

「我們現在出海找個彼此相隔不超過五十公尺的定點下錨，然後開始釣，比那一艘船在三個小時之內釣得最多。」

「成！但比賽得有賭注，沒有賭注釣起來多沒勁兒。」

「這樣，輸的人要請贏的人在村裡最有名的威海餐廳開一桌，贏的人隨便點菜都由輸的人買單。」

「一言為定。」外地釣客說完，又問：「你們船就你一個比嗎？其他幫手呢？」

「幫手就這幾位。」許叔叔指著身邊蔡宗澤、邱靜雯和藍天，對外地釣客們說。

外地釣客們聽了，都喜出望外，心想：「也許這位中年人不好惹，但身邊那三位都是孩子，我們釣魚少說十幾年了，看來今天有頓免費的大餐可以享用囉！」

兩邊人馬上了膠筏，慢慢划到港外一公里左右，兩艘膠筏下錨，開始釣魚。

出了海，見到周圍都是水，蔡宗澤臉色蒼白，很安靜的坐在船上，手上握著釣竿，但完全沒有要釣魚的意思。

邱靜雯見蔡宗澤的樣子，笑說：「你行不行啊？」

「不要吵我。」蔡宗澤聲音微弱的說，想裝兇都裝不出來。

許叔叔和藍天一派輕鬆，兩人悠悠哉哉的將魚竿甩向海面，靜靜等魚上鉤。

剛開始半個小時，兩邊都沒有收獲，直到釣上第一尾魚後，釣況逐漸好了起來，接連有所斬獲。時間走過一半，兩邊都釣了將近十條海鱺。

外來釣客見兩邊勢均力敵，這才瞭解對方果然實力不容小覷，但見除了小男孩和中年人之外，另外兩位國中生一個多小時連一條魚都沒釣到，他們內心還是覺得自己勝算比較大。

許叔叔看著大海，又看了一下手錶，對藍天閒聊：「最近過得好嗎？叔叔上次送給你的米，都吃完了嗎？」

「還有很多。」

「你都不吃飯嗎？」

「很少，煮飯太麻煩了，我比較喜歡吃些海裡頭抓來的魚，還有樹林裡頭抓到的兔子和斑鳩。」

「真是服了你了。叔叔不管你，你高興就好。只是老奶奶臨終前吩咐我要好好照顧你，你要是遇到什麼麻煩，儘管跟叔叔說。」

「我會的。」

「對了，聽說過幾天有初中聯考，看你這樣子應該是不會參加了吧？」

「嗯！」

「也好，那就來叔叔這邊工作吧！當船員雖然無聊，但收入其實不差，而且每天都可以跟你最愛的大海在一起。」藍天始終掛著微笑，好像世界上沒有什麼事情能夠奪走他的笑容。但談到這件事，藍天的笑容收了一點回去，他內心似乎有一個計畫，一個還不能說的計畫。

因為幾乎是一位大人和一位小孩，挑戰三位大人組成的團隊，漸漸的外來釣客們釣上的魚數量開始超前。時間剩下不到四十分鐘，他們觀察兩邊收獲量，料想自己應該篤定能獲勝。

原本平靜無波的海面，突然洶湧起來。

藍天笑得露出兩顆好大的門牙，他對同伴們說：「你們看！」

藍天望去的方向，幾隻海豚成群結隊的在幾百公尺外，像是在觀察釣客們。牠們一下游近，一下游遠。

「海豚，海豚又來了！我是藍天，你們認得我嗎？」藍天興奮的大叫，膠筏跟著晃動，蔡宗澤嚇得全身發抖，無助的對藍天喊：「大哥，不要再搖了。」

一隻年輕的瓶鼻海豚在海面上連續幾個跳躍，像是在呼應藍天對牠打的招呼。轉眼間，海豚們成群結隊的離開了，外來釣客們都沒近距離見過海豚，感到很新奇，互相說自己今天運氣真是好。

「叔叔，我們該認真囉！」藍天對許叔叔說。

「沒問題！」許叔叔對藍天比大拇指。

不到半個小時，藍天和許叔叔兩人以平均五分鐘釣上一條魚的速度，釣魚量沒兩下就趕過外來釣客，最後還贏了他們十隻。

三位外來釣客輸得心服口服，上岸後真的邀請藍天一行人去村裡吃飯。許叔叔婉拒了，對他們說：「先生，『世界上沒有任何一個人的家鄉是不美的』，拜託你們下次去其它地方不要忘記我這句話。」

三位釣客都很慚愧，不停的對許叔叔道歉。

把膠筏租給外來釣客們的船東又帶了幾位釣客來，見到許叔叔，很熱情的跟外來釣客們介紹：「這位可是我們鯨歌村的驕傲，曾經拿過全國釣魚比賽金賞的釣客，許志輝先生。」

「什麼？你就是許志輝！」蔡宗澤等人見大人們的表情和說話的內容，才知道眼前這位外貌平凡無奇的中年人可是釣魚界名號響叮噹的釣魚達人。

邱靜雯和蔡宗澤又學到一課，讚嘆說：「真是人不可貌相。」

8. 三人行

許志輝帶著藍天一行人，以及戰利品來到白鯨灣。

許志輝放下隨身揹著裝魚用的保溫桶，還有釣具。他拿出一個霹靂包，裡頭有用小罐子裝盛的鹽巴和胡椒。他把鹽巴均勻塗抹在魚身，指導孩子們把今天釣到的魚一一用削尖的樹枝串上，然後生了火，以今天出海的戰利品，二十多條烤魚當作晚餐。

月明星稀，太陽公公下山，換上月娘在天上。

邱靜雯和蔡宗澤，他們今天都沒有回家吃飯。

「你們兩個不回家吃晚餐沒關係嗎？」

「無所謂，我爸今天晚上有應酬，不在家。」蔡宗澤習以為常的說。

「爸爸今天晚上帶著媽媽回娘家，我一個人看家，所以沒有關係。」邱靜雯很少一個人在外面吃飯，今天難得解放。

「那就好。雖然烤魚不是什麼了不起的滿漢全席，但是自己辛苦釣來的魚，吃起來可是風味獨特呢！」

「什麼樣的獨特呢？」邱靜雯問許志輝說。

「嘿！妳吃了就知道。」

邱靜雯咬了一小口，第一個衝上舌頭的味道，是塗抹在魚身的鹽巴所帶來的鹹味。剛開始覺得很鹹，但是當魚肉在口中與鹽巴適當混合，加上烤得微焦的魚皮，那酥脆的口感，呈現出一種樸實卻又坦率的滋味。

蔡宗澤想：「最好隨便一道烤魚有多神奇。」他咬了一大口，咀嚼半天，說：「還真不錯。」

藍天也吃得津津有味，明明平常自己就常抓魚烤來吃，對他來說應當只是再普通不過的一頓晚餐。可是，多了朋友陪伴，好像今天吃起來的魚，似乎真的多了什麼不同的滋味。

許志輝一邊吃魚，一邊和藍天等人聊起來。他聽邱靜雯和蔡宗澤都要升上初三，對他們鼓勵了幾句。蔡宗澤不以為然，他覺得大人最常說些無關緊要的話，那些根本幫不上忙的鼓勵和加油，對自己一點實質幫助也沒有。

「少年仔，你看起來好像不怎麼開心。」許志輝對蔡宗澤說。

「我就是這個臉，習慣就好。」

邱靜雯白了蔡宗澤一眼，說：「對長輩說話有禮貌一點。」

許志輝擺擺手，對大家說：「沒關係，叔叔不在意這些繁文縟節的，大家歡喜就好。」又對蔡宗澤說：「今天烤的魚好吃嗎？」

「還不錯。」

「跟你平常在家吃的比呢？」

「我平常在家當然吃的菜色比較豐富，晚餐最少最少總有個三菜一湯，要是我爸在家，那至少有四、五道菜。」

藍天聽了，擦擦口水說：「真好，我通常都只有一道菜。」

許志輝摸摸藍天的頭，對蔡宗澤說：「你覺得今天吃的烤魚和平常你家燒的菜比起來，哪邊比較好吃？」

「這不能這樣比吧！家裡有傭人做菜，菜色比較豐富……我想應該各有

各的好。」

許志輝又拿起一條烤魚，啃了一大口，說：「這些不過是些便宜的海魚，沒什麼了不起。可是我們吃起來覺得別具風味，其中一個重要原因在於這不是花錢買來的魚，而是我們用自己的勞力換來的魚。」

「我好像懂叔叔說的意思了。」

「有些事情雖然我們很迷惘，可是迷惘而什麼都不做，跟迷惘中依舊默默努力，你覺得兩者哪一個會比較有收獲呢？」

「應該是後者吧！」

許志輝點點頭，接著說：「叔叔年輕的時候也曾經很茫然，不知道未來要做什麼，所以傻傻的跟著阿爸出海捕魚。捕魚之後確定自己喜歡捕魚的某些部份，譬如：我喜歡坐船、喜歡大海。可是我討厭經常見不到朋友，而且每次在海上一待就要好幾天很無聊，所以最後才會折衷一下，靠釣魚維生。」

「所以如果我們什麼都不做，就不會知道自己喜歡什麼，討厭什麼，不是嗎？」

「沒錯！可是我確定自己討厭唸書，討厭考試。」

「呵呵！真的嗎？你確定？」

「哪有學生喜歡唸書跟考試的？」蔡宗澤手指著藍天，這位蹺課大王，對許志輝說。

許志輝問藍天：「你不喜歡唸書跟考試嗎？」

「喜歡。」

「那你為什麼蹺課？」

「因為我更喜歡大海。」

「如果唸書可以讓你更親近大海，你願意嗎？」

「願意。」

「你平常回家有讀書嗎？」

「我也想讀，可是家裡沒有錢繳電費，所以天黑之後就只能睡覺啦！」許志輝對蔡宗澤說：「藍天不是不喜歡唸書，而是現實環境不允許他好好唸。你家裡有電燈、書桌，隨時想唸都可以唸，如果你從來沒有好好唸過書，要怎麼確定自己真的不喜歡。更何況，你可以唸自己有興趣的東西，那也算唸書。」

「興趣啊……」

「你有什麼興趣嗎？」

「看漫畫，還有組合模型。」

「唷！看不出來你還有雙組裝模型的巧手呢！」

「組裝模型很有成就感呢！」蔡宗澤談到模型，眉飛色舞起來。

「看！你明明有自己的興趣嘛！」

「可是唸書跟模型，兩者之間感覺好遙遠喔！」

「怎麼會？叔叔有一位國小同學唸工專，後來甚至考上研究所，現在在

日本人的公司擔任研發工程師，專門研發各種怪手。」

「聽起來好酷！世界上有這種工作？」

「有啊！可是要當工程師必須懂得數學，還要有其它相關知識，這些都必須靠唸書充實自己才能辦到。」

「所以唸書只是過程，是這樣嗎？」

「沒錯，唸書只是通往夢想的過程。就像釣魚，釣魚的時候有點無聊，可是當我們吃自己釣來的魚，那種成就感會讓我們覺得之前的辛苦很值得。」

「我好像懂叔叔說的意思了。」蔡宗澤若有所思，一些想不透的問題，今天豁然開朗。

邱靜雯在旁邊靜靜聽著，也得到一些啟發，她舉手問許志輝說：「叔叔，如果有想做的事情，可是家裡的人反對，那該怎麼辦？」

「這個問題比較困難一點，因為如果沒有家人養育我們，我們哪能好好唸書，長大成人。」許志輝摸摸下巴。

「是啊！所以有些事情雖然喜歡，但想到家人，就會覺得如果讓他們不開心，會很對不起他們。」

藍天說：「但是我從小時候就很喜歡游泳，阿嬤從來都沒有不開心。」

「傻瓜，那應該是你神經太大條，感受不到而已。」

「是這樣喔？哈哈！」

「就算是這樣，也沒什麼不好。有時候就是要先努力證明自己，才能消除家人對孩子未來選擇的疑慮。」許志輝笑說：「以前我要專職釣魚，不開漁船，我阿爸也是很不高興。可是後來我努力磨練，先成為鯨歌港最厲害的釣客，後來甚至整個中部都傳遍我的名號，他就不再反對我的決定了。」

「所以我應該堅持嗎？」

「這個問題只有妳自己清楚，別人不能幫妳回答。如果妳真的很喜歡，不管誰要妳放棄，妳都不會放棄，是吧？」

「對對對，就像我絕對不會放棄游泳，不會放棄這片大海。」藍天附和著許志輝的話。

邱靜雯和蔡宗澤相視而笑，他們都在今天得到意外的收穫。邱靜雯對許志輝說：「沒想到叔叔不但釣魚厲害，還是位哲學家呢！」

「哲學我不懂，叔叔只是把自己的人生歷練告訴你們。」

蔡宗澤、邱靜雯和藍天成為好朋友，這天又和許志輝成為忘年之交。

9. 漁港的一天

當暑期輔導開始，三位好朋友的生活又開始疏離，邱靜雯忙著每天到學校上課、考試，回家還要讀書。每天都要小考的暑期輔導，比起平日正常開學還要忙碌。

蔡宗澤被迫參加暑期輔導，他沒有蹺課，多少受到許志輝那晚對於讀書與喜好一番話的影響。

「既然不知道自己要做什麼，至少把眼前的事情先做好。」蔡宗澤撐著下巴，努力聽講台上老師口沫橫飛上課，這天他還沒有在任何一門課上打瞌睡。

「藍天這時候不知道在做些什麼？」蔡宗澤看著窗外，想起自由自在的藍天，像是希望他能代替自己，把自己想玩的份一併消化。

藍天的一天，是從海邊開始。

浪潮聲，一波一波的，就像陽光一樣逐漸增加威力，藍天被兩者合在一起的聲音與光線喚醒，緩緩睜開眼睛。

走到海邊，藍天拉起一根連到海裡頭的繩子，繩子那端浮現一口戳了無數小洞的鐵箱子。藍天打開箱子，裡頭裝著幾隻魚，還有海菜。靠著海水的溫度，這口鐵箱子就成為藍天專屬的冰箱。

海菜只要用淡水稍微洗過就能直接生吃，不過這樣還發揮不了海菜更多的作用。除了燒烤，藍天懂得各種對於魚類的料理方法，一早開始吃烤魚太不健康，他通常會煮一鍋開水，把切好的魚塊丟進去，配上許志輝叔叔送的味增，以及海菜，就是一鍋好喝的味增海菜魚湯。

藍天是個不貪心的人，魚湯都煮自己剛剛好飽餐一頓的份量，不會多了造成浪費。

喝下魚湯，藍天精神一振。他對著木屋裡頭阿嬤的黑白遺照恭恭敬敬雙手合十祈禱，點上一炷香。然後不甘願的遵循阿嬤在世時對他耳提面命交代的生活習慣，乖乖刷牙、洗臉，把自己弄得乾乾淨淨的出門。

不去學校，藍天還有很多事情可以做。

繞著海岸線，藍天和大海相關的事物都是好朋友，也包括靠大海維生的鯨歌港人。

距離白鯨灣不遠，有一海角，那邊是幾位穿著潛水衣的叔叔、阿姨，他們下海抓取龍蝦與海膽的漁場。

藍天坐在岸上，幫忙叔叔阿姨看著籠子今日的收獲。

龍蝦有好大一雙螯，不能隨便惹牠。誰要是傻傻的用手去碰，龍蝦生氣就會用大螯夾傷手指。藍天小時候被夾過一次，所以他有經驗，趁著叔叔在海底忙，見到大龍蝦會用麻繩把牠們的螯綁起來，好讓牠們不會傷人。

「藍天，謝謝你幫我們顧東西。」

「不會，我喜歡看你們抓龍蝦。」

「藍天也是潛水高手，以後要不要跟著叔叔抓龍蝦？」

「不了，我有自己想做的事情。」

「是喔？可惜了。抓龍蝦很好玩的，龍蝦喜歡躲在岩縫之間，或是在海底行走。雖然牠們故意隱藏自己的行跡，但只要懂得龍蝦的習性，其實不難捕捉。尋找龍蝦的過程，有點像是在找寶藏。」

「聽起來跟抓海膽有點像呢！」

「是有那麼一點。」

一位阿姨浮出水面，喝水休息，聽到抓龍蝦的叔叔慫恿藍天入行，笑說：「瞧你說的，這可是辛苦活兒，人家孩子有自己想做的事，不要讓他們入誤入歧途了。」

「拜託，抓龍蝦可是我們家世代流傳的絕活，沒有天份的人我還不想收他為徒咧！」

藍天從岸上跳下，對叔叔說：「我可以下去看看嗎？」

「可以。」

叔叔戴好蛙鏡，拿著專門抓龍蝦用的叉子和簍子，跳進水中。藍天跟著跳下來，他先深呼吸一口氣，潛入海中。清澈的海水底下，陽光把海底世界照亮的宛如地上。

珊瑚五顏六色，完全不輸陸上爭奇鬥艷的花兒。成群的小丑魚，牠們在各色珊瑚礁之間流連，好像蜜蜂和蝴蝶在各色花叢之間徘徊。

蜂巢珊瑚，顧名思義外型就像一顆顆蜂巢，只是蜂巢珊瑚的小孔中沒有蜜蜂，只有各種浮游生物。小星珊瑚屬、刺星珊瑚屬和鋸齒刺星珊瑚，藍天總認為它們是天上的星星落下海底，回不到天空的珊瑚，它們呈現出

各種星星的邊緣形狀，就像星星一閃一閃的樣子。

再往另一叢珊瑚礁游過去，寶石刺孔珊瑚華麗的展現在藍天眼前，嫵媚動人的姿態，以及豐富的顏色，宛如雍容華貴的貴婦，看到它，藍天總會想到貴氣的校長夫人。菊花珊瑚和牡丹珊瑚，它們是海中最受魚兒們歡迎的珊瑚，許多小魚依偎在它們懷裡，珊瑚就在牠們身上捕食浮游生物，如同母親在輕撫孩子的小手小腳。

大海裡頭的生物，跟地上人們的生活很像。

有的魚喜歡成群結隊，牠們是大海中不斷南北移動的家族，隨時在進行環球旅行。北來的親潮和南來的黑潮帶大量浮游生物吸引各種迴游魚類及鯊魚、鮪魚等大型魚前來覓食，海世界有安靜的珊瑚，以及四處活動的魚兒們，使這個世界更顯得多采多姿。

藍天越游越遠，叔叔和阿姨們則是不會離開岸邊，因為岸邊比較容易抓到龍蝦和海膽。

藍天是自由的，想游去哪都可以。

海底下除了珊瑚和魚兒，還有海星和水母，水母游泳的姿態很不同，特別悠閒而飄逸，像是用一對翅膀在水底下飛行。當光線穿透牠們的身體，半透明的顏色增添一分神秘感。藍天偶爾會想，是不是外星人就長得跟這些水母一樣，還是水母其實正是來自外星球的嬌客。

海星，牠們是藍天從小到大的玩具，以前藍天喜歡捉這種鮮豔、漂亮的海星到岸上。可是後來他發現死掉的海星顏色會褪去、暗沉，不像牠們活著的時候美麗。有一次，他送給班上喜歡的女生一隻海星，女生竟然被海星給嚇哭。從此之後，藍天不再抓海星，只有在游泳的時候摸摸牠們，便把牠們放走。

離開抓龍蝦與海膽的叔叔、阿姨，藍天走到漁港。

漁港一整天幾乎很難抓準什麼時候忙碌或不忙碌，當然每天早上漁市是最熱鬧的。前來漁港的各地盤商，他們會對漁船捕回來的新鮮漁獲進行估

價，以及喊價。大家競標喊價的聲勢熱烈，好像在吵架，而且有各種表達數字和買賣意義的專用手勢。內陸人們平常吃的魚蝦，就是這些人在魚市場廝殺下完成批貨，然後從漁港送到各地市場攤販手上。

藍天喜歡遠遠觀察漁港的工作人員，他們從小看藍天長大，見到他也很習慣，不以為意。從白鯨灣到漁港，都是藍天的家，都是他熟悉的地方。

一艘漁船正要出海，留著絡腮鬍的船長指示船員正在收纜繩，見到藍天，他對船員說：「先別忙。」

船長跳上岸，對藍天說：「小子，你今天來晚了，大叔我要出海捕魚去囉！」

「這一趟是要捕什麼魚呢？」

「這次要到印度洋捕鮪魚。」船長雙手一張，比起大條鮪魚的長度。

「那豈不是至少要出海一個月以上。」

「差不多，但是為了把最好吃的鮪魚帶回來，出去一兩個月很值得。」

「呵呵！不知道船長太太是不是這樣想。」藍天笑說。

「這……這你小孩子就別管了。在家我老婆可嘮叨了，出海清靜一陣子也好。」船員聽了，便說：「真的假的，每次出海隔天就聽您一直說多想老婆，多想孩子，怎麼現在說得那麼瀟灑。」

「去去去！不要破壞我鯨歌港第一好男人的形象。」船長臉微微一紅，對船員們叱喝。

「大叔，等你回來我們再聊。」

船長比了「ＯＫ」的手勢，船員解開纜繩，漁船駛向外海。因為有這些人，藍天比任何人都清楚，人們每天在菜市場買到的魚看起來好像不過是從大海隨處都能撈來的食材，其實每一條魚，都像農夫收割的稻子，蘊含漁夫的辛勞與愛心。

10. 颱風來了

一輛很有霸氣的黑頭車駛進鯨歌漁會大門，沒有立刻開到停車場，司機暫時將車停在這裡，不顧來往辦公民眾行的權力。司機下車後，小跑步到後座將車門打開。一位穿著高級西裝，臃腫肥胖，身上散發暴發戶氣息的男子，坐在後座，等到司機幫他開門，喊了聲：「老闆，您請下車。」這才緩慢的步出車門。

「這裡就是鯨歌村嗎？」胖老闆嘴裡叼著雪茄，一臉不屑的喃喃說。

車的另一邊，一位提著公事包的年輕男士慌張的跟在胖老闆身後，胖老闆對他說：「我們進去。」

「是。」

周圍的人見到這幾位陌生人，都在猜他們是從哪裡來的，來到這個小漁村又有什麼目的。幾位漁民猜測：「看他們的派頭應該是從大城市來的，不知道是來做什麼的？」、「想也知道是來找理事長，理事長跟縣政府那邊關係很好，搞不好又給我們鯨歌村帶來什麼好康的。」大家隨意談論，沒把這件事情放在心上。藍天很少見到外地人，對於這幾個人感到很好奇，對黑頭轎車尤其感興趣。司機拿出水桶，接了水，拿起抹布正在擦車，藍天跑過去抓著司機聊天。

「你好。」藍天對司機熱情的說。

司機裝作沒看到，心想：「哪裡來的野孩子。」繼續擦車。

藍天見司機不理他，也不放棄，跑到司機面前可以看到自己的位置，又說：「你喜歡海星嗎？」接連問了幾個問題。司機見藍天完全不把他的冷漠當回事兒，本想虛應幾句，但聊著聊著可能自己也悶得慌，漸漸聊開。

「你好，我叫藍天。」

「你好。」

「這輛車好大喔！坐在裡面不知道是什麼感覺？」

「就很像一棟移動的房子吧！」

「好有趣喔！我可以坐進去看看嗎？」藍天作勢要打開車門跑進去。

司機趕緊阻止藍天，對他說：「小朋友，不是大叔小氣，實在是我們家老闆非常吹毛求疵，任何事情沒有請示他，弄得不好我可是會丟了工作。」

「好吧……那你們來這邊是來釣魚嗎？」

「釣魚？哈哈哈！當然不是，我們老闆生意做得很大，這趟來也是為了談生意。」

「談生意哪有釣魚好玩，真無聊。」

「小朋友講話真有趣。唉！大人的世界有很多事情不是你能明白的。」

「大人自己就明白嗎？」

「這是個好問題，反正有錢人很多種，我們老闆屬於財大氣粗，手裡拿著鈔票，講話大聲那種。我是拿人家薪水過活的，他想怎樣我也管不著。」

邱大志這時候剛從外地辦公回來，見到黑頭車，又看到藍天，向司機問道：「您好，請問是米立食品公司老闆來訪？」

「是。」司機見邱大志的穿著打扮，還有說話的態度，料想是位高層公

務員，客氣的說。邱大志臉色漠然，不是很高興的樣子，望向理事長辦公室的窗戶歎了口氣。藍天見邱大志的表情，說：「邱叔叔，你怎麼啦？」

「沒什麼。」邱大志對藍天微笑，說：「你一天到晚四處亂跑，比我們理事長還要像理事長。怎麼，今天是來找哪一位叔叔閒聊？還是來找老許釣魚？」

「都不是，就只是走走。我剛剛有跟水生叔和阿嬌姨下海抓龍蝦和海膽，不過我只有看看，沒有真的動手。」談起關於大海的一切，藍天總是能夠說得活靈活現。

邱大志耐心聽完，說：「你真的很愛大海。」

「當然，大海就是我的家。」

邱大志聽到這句話，若有所思，沉吟半晌，說：「唉！希望你能永遠這麼愛著這片大海，愛著我們鯨歌村。」

「當然會，我會一輩子一輩子愛著這個地方。」藍天斬釘截鐵的說。

「可是萬一這個地方變了呢？譬如……蓋一座迪士尼遊樂園？你會不會比較開心呢？」藍天認真思考，比較了一下他想像中的迪士尼樂園，這個他只有看過照片，聽過老師描述的遊樂園，以及鯨歌村，說：「也許剛開始會覺得很興奮，可是再怎麼樣都不會比釣魚和游泳好玩。」

「你怎麼能肯定呢？」

「我也不知道，可是阿嬤常說：『有大海才有我們鯨歌村，而不是有鯨歌村所以才有大海。』雖然我不大懂阿嬤的意思，但應該就是說鯨歌村很重要，比我們每一個人都重要。」

邱大志不敢相信的看著藍天，他和大多數村民都以為藍天只是一個缺乏教養，擁有天真無邪心靈的孩子。聽完他說的，邱大志才發現自己唸了幾年書，某些觀念卻比不上一個孩子那般清晰。可是，有些事情知道了，卻沒有辦法因為知道進而執行。邱大志摸摸藍天的頭，拿出一支本來要給女兒的棒棒糖，送給藍天。

10 颱風來了

「你說得很好，這支棒棒糖給你當作禮物。」

「真的嗎？謝謝叔叔。」藍天早就忘記上一次吃棒棒糖是什麼時候，見到棒棒糖眼睛都瞪直了。他收下棒棒糖，捨不得拆開吃掉，非常珍惜的抓在手心。邱大志見到藍天輕易滿足的樣子，想到蔡理事長，不住搖頭。他望向遠方，今天的雲似乎比平常堆疊的更擁擠，就像塞了很多料的千層蛋糕。

「颱風好像快來了呢……」邱大志說。

台灣每年夏天，總會有幾位不速之客來訪。惱人的颱風，先在海面形成低氣壓，然後不斷匯集能量，侵擾台灣。一般颱風都從東面太平洋登陸，經過中央山脈破壞結構，對人口密集的台灣西部不會造成太大影響。但如果颱風從西面登陸，避開中央山脈，對於西部各地居民的影響就會很大。

這個夏天，颱風也沒放過台灣。颱風來臨前一天，鯨歌村整個陷入抵禦颱風的狀態，漁船全部回到漁港碼頭，用比平常粗上一倍，或是多加上至少

兩條纜繩，將船牢牢的與岸上連繫著，就怕被颱風吹走。

家家戶戶都在修補房子的漏洞，以免颱風當天雨水打進來，損毀家具。此外，颱風難免會將電線打斷，還需要儲水，並且事先準備好不需要特別開火就能食用的乾糧。

藍天住的小木屋破破爛爛的，但他一點也不擔心，每年颱風來他都是這樣過，家裡哪裡會漏水，他很清楚，在地板上放了好幾個臉盆。除此之外，藍天多抓了幾尾魚，放在房間裡頭的大水缸，大水缸充當臨時魚缸，颱風天他就靠吃這些魚果腹。

「藍天！」藍天滿意的看著地上擺好的臉盆，聽見外頭蔡宗澤的聲音。打開門，除了蔡宗澤，邱靜雯也來了。

蔡宗澤帶著工具箱，背上揹了幾片厚木板，邱靜雯則是幫忙拿了幾片薄木板，還帶了一個裝滿乾糧的手提包。他們擔心藍天颱風天沒東西吃，房子破舊可能會有危險，主動來幫忙。

「我的媽呀！你這房子也真的是爛得太有個性了，我還真不知道該怎麼補起。」蔡宗澤第一次認真省視藍天住的小木屋，才發現小木屋比他想像中的更破舊。

「還好啦！每年颱風來都是這樣過的。」

「看來你比我這個打架高手的生命力更強。」

「謝謝。」

蔡宗澤咳嗽兩聲，說：「我沒有稱讚你的意思。」

屋裡屋外看了一遍，邱靜雯和蔡宗澤規劃該怎麼修補藍天的小木屋。邱靜雯發揮所長，為小木屋畫了平面圖，還有各處的速寫，標示需要修補的位置。蔡宗澤則是負責構思，他想：「光靠我一個男生，加上一個沒力氣的弱女子和沒大腦的小鬼，今天一天肯定不夠。」

「你們在這裡等我一下！」蔡宗澤丟下這句話，人不知道跑去哪裡。

半個小時後，蔡宗澤帶了兩位男生過來，他向邱靜雯等人介紹：「這是

我的兩位好朋友，大寶和二寶，有他們幫忙，今天才有可能完成修補房子的工作。」三位大男生，加上邱靜雯和藍天，五個人分工合作，為藍天的屋子來個大整修。和蔡宗澤預期的一樣，在大家通力合作下，還是花了半天時間才補完各處破損的地方。

大寶和二寶累癱在地上，直嚷嚷：「菜脯，你還說有好玩的，結果來這邊修房子，把我們累得半死。」

蔡宗澤對他們說：「哎唷！等一下我請你們喝彈珠汽水、吃烤香腸，這樣總行了吧！」大寶和二寶平常無所事事，今天做了一件助人的好事，他們心底其實很開心，都覺得比平常去撞球場打撞球更充實。颱風當天，鯨歌村每條街道都空蕩蕩的，宛如空城。所有人都躲在家裡，只聽見風刮過屋頂的淒厲聲，以及因為風勢而用力打在屋子四周的風雨聲。

這個夏天，藍天過去幾年用的臉盆完全派不上用場，他可以安心的待在小木屋裡頭，聆聽只有颱風天才會帶來的天籟。

11. 想起阿嬤的遺言

不需要做盯著臉盆，看水有沒有接滿，好將雨水倒掉這些麻煩事。颱風天裡，藍天只能在屋內與阿嬤的黑白照片妳看我、我看妳。

一個巨雷無預警劈下來，把藍天嚇得半死。

阿嬤的照片從供桌上傾倒，藍天連忙將照片扶正，用手拍拍灰塵，重新放好。

最愛的阿嬤，現在只剩下照片可供藍天懷念。

平常每天過得都很開心，有大海、有藍天，現在又多了兩位好朋友，可是難免還是會有寂寞的時候，會有想念阿嬤的時候。

「阿嬤，我跟您說，最近我認識一位大哥哥和一位大姊姊，他們對我很好，昨天還來我們家幫我補房子呢……」面對阿嬤的照片，藍天能聊上一長串，就像阿嬤從來沒有離開，一直在身邊。

也許這個颱風天要做的事情少了，卻也不能出去游泳。

藍天整天待在屋子裡頭，突然覺得自己在一間偌大的小木屋內有點無

聊，只有他自己一個人，沒有人可以真的跟他聊天，就算跟阿嬤說話，阿嬤也不能回答他。

碰巧就是這個颱風天，同時也是阿嬤的忌日。

阿嬤的黑白照片，慈祥和藹的笑容，那是藍天熟悉的笑容。

藍天輕輕觸摸相片，說：「阿嬤……如果妳還在就好了。」

藍天的眼淚漸漸從淚腺分泌出來，弄濕了眼眶。

眼淚汩汩流出，滴在照片上。

三年級的時候，阿嬤過世了，從小藍天沒有機會見過自己的父母，他一個人被阿嬤帶大。從來沒想過阿嬤會離開自己，直到那一天真的到來。

村裡頭阿嬤的老友們都來了，從市區省立醫院請來的醫生，診斷完阿嬤的病情後，對在場關心的所有人，只能遺憾的告訴他們，自己無能為力的消息。

阿嬤躺在床上，把藍天叫到床邊，對他說。

「小天，跟阿嬤住在一起讓你受委屈了。」

「阿嬤，您說什麼呢？我每天都過得很開心，很開心唷！」藍天跪在床頭邊，緊握阿嬤已經沒有什麼力氣的手，說。

「真的嗎？唉……看我家徒四壁，你跟著我吃了不少苦頭，可是你跟一般孩子不同，特別樂觀，也讓阿嬤放了不少心。現在，阿嬤可能再也不能照顧你了。」

「為什麼？我們要一直在一起，等我以後長大了，買艘大漁船出去捕魚，賺很多錢。我們可以換一間紅磚屋，就像村長家那樣，夏天不熱、冬天不冷，颱風天也不用拿水桶接雨水。阿嬤，您一定會好起來！」

「謝謝你，小天。阿嬤很高興聽到你這麼說，可是有些事情，不是我們人能控制的。就像大海，沒有人可以讓大海改變漲潮和退潮的時間，大海有自己的規律。人也是，人的生命有規律，沒有人可以改變。」

「阿嬤，您說的我全都不懂，我只知道阿嬤對我最好，我也要對阿嬤很好很好。」

許志輝等阿嬤的友人守在一旁，見到藍天對阿嬤的敬愛，以及阿嬤對孫子的愛護，誰都不忍心對孩子解釋生離死別的道理，也不知道該如何開口。

許志輝手放在藍天的肩膀上，他咬緊下唇，自己難過得已經說不出話。年輕的時候許志輝過了一陣子游手好閒的生活，還是藍天的阿嬤跟他說了許多道理，才讓他醒悟。

他想安慰藍天，但只能透過擁抱藍天肩頭的雙手，傳遞一點溫暖。

阿嬤用最後一點力氣，對身旁人說：「扶我起來。」

許志輝等人將阿嬤扶起來，靠在床頭坐著。阿嬤打開床頭櫃，拿出一個信封。

信封的外皮泛黃，看來已有相當年份，信封上的墨水已經褪色，但還是依稀可以辨認出收件人與地址。信封的收件人是「張春枝女士」，這是阿嬤的名字。收件人的地址就是藍天的小木屋，寄件人地址則沒有特別寫上。

信封裡頭裝著一些東西，沉甸甸的有點重量。阿嬤將信封內的東西倒在手上，是一疊信紙及一張照片。照片上是一片寧靜的農村，金黃的稻穗點頭，背後還有連綿不絕的青山，不見海景，看來應該是在內陸拍攝。翻過相片，背後寫了日期，及一句話「媽，我過得很幸福，勿念。」

藍天認得的字不多，許志輝幫忙讀信，他把信翻開，頭尾仔細看過一遍，對藍天的阿嬤說：「春枝姨，這

封信妳竟然藏了這麼久。」

阿嬤輕摸藍天小臉蛋兒，說：「阿嬤要是走了，你就變成孤兒了。今天阿嬤必須告訴你，你不用擔心自己變成孤兒，因為你不是。你的爸爸跟媽媽都還活著，他們只是不在我們身邊。」

藍天從未聽過關於爸爸媽媽的事情，只知道偶爾阿嬤會不小心談到爸爸媽媽，接著阿嬤就會不住嘆氣，本來和藹的笑容消失不見，坐在門口望著大海發呆。

漸漸的，藍天也不談爸爸媽媽，就怕阿嬤心情不好。

到這般田地，阿嬤卻接連說了許多藍天想都不敢想的事情。

「爸爸媽媽還活著！」對藍天來說，宛如晴天霹靂，他不知道自己該高興，還是該難過。

素未謀面的父母，對藍天來說就像存在於童話故事中的幻想，而阿嬤才是真實的。

藍天抱著阿嬤，哭說：「沒有爸爸媽媽沒關係，藍天不能沒有阿嬤。」

阿嬤看著淚眼汪汪的藍天，說：「當年你母親去外地工作，愛上了一位外地人，你母親懷孕了，於是兩人決定要結婚，回來跟我報告。我知道那個人是原住民之後，很生氣，不准他們交往。結果你母親有天晚上就跟那位原住民跑了，那個人就是你爸爸。」

「如果是這樣，那為什麼只有我在阿嬤身邊？」

「本來以為這一輩子大家不可能再見面了，幾個月後，你母親抱著你突然出現。我原先很生氣，可是見到你這麼可愛，我心底其實已經不氣了，但因為面子掛不住，所以我還是不讓你母親進家門。你母親問我說，要怎麼樣才能原諒他們。我說：『要我原諒你們，除非你們把孫子留下。』你媽媽很愛你爸爸，決定跟丈夫一同打拚，於是把你交託給阿嬤。唉……這一交託就將近十年，十年啊！」

許志輝認識藍天的媽媽，他們是一起長大的朋友，今天他也是第一次聽

到阿嬤說這些事情，幾年來心中許多疑惑頓時明白了。

「後來呢？你們沒有再聯絡嗎？」許志輝急著問阿嬤說。

「有的，藍天母親寄來幾次信，我都沒有看，全撕了。幸好祖先保佑，這封信不知道為什麼撕不下手。幸好沒撕，因為在這之後就沒接過她的來信了。」

「阿嬤……」藍天還是孩子，不懂大人之間的感情糾葛，只覺得都是自己愛的人，為什麼要彼此傷害對方。

阿嬤對藍天說：「等到有一天，你能夠讀懂這封信裡頭的每一個字，能夠自己離開鯨歌村，就可以去找尋你的爸爸媽媽了。到時候，你就不是一個人了。」

阿嬤再也沒有開口，藍天抱著阿嬤，哭了一整夜，直到哭累了，眾人才能將阿嬤的遺體送交殯葬業者處理。

藍天思念著阿嬤，並想起阿嬤臨終前留下素未謀面的爸爸與媽媽在何方

的線索。他從供桌抽屜拿出那封信，這封信他早就已經看懂了，裡頭是母親寫給阿嬤，許許多多的想念，以及希望和好的願望。信中還說，爸爸媽媽現在一起耕作，自給自足的生活雖然不富裕，但是很幸福，希望阿嬤有一天能夠原諒他們，一家團圓。

颱風漸漸平息，藍天打開門，望著大海，再次唸著內心深處的願望，說：「白鯨出現的那一天，我會離開鯨歌村，尋找爸爸媽媽。」

當阿嬤離開，藍天慢慢把找尋爸爸媽媽的願望藏在心裡。

他從來沒有離開過鯨歌村，害怕外面的世界。只相信除非能見到奇蹟，譬如見到傳說中的白鯨，不然他說什麼也不願意踏上未知的旅程。

12. 罐頭工廠

颱風過後，照慣例鯨歌漁港會展開漁船損害的檢查工作，碰到有受到災害損失的船家，漁會會統一將相關資料呈報給縣政府，縣政府再送交中央單位處理。等中央單位審核後，再把政府災害補貼的款項交給受到損害的船家們。就在颱風結束後一週，暑假此時已經過了一半，漁會舉行了少見的臨時會。臨時會的布告貼出來，漁民們都在猜想，究竟是有什麼要事，在漁忙時節特地召集大家。

漁港各個船家和漁船工人都來參加，大家坐在村裡頭的集會所——媽祖廟前廣場，大夥兒帶著板凳，擠得水洩不通。沒有參與漁會大小事情的孩子們，也都來看熱鬧。廟公許久沒有見到這麼多人聚會，趕緊拿出捐獻箱，想趁機募款。他穿梭在人群間，不停對大家鞠躬哈腰，說：「這位先生、這位太太，我們鯨歌村的媽祖廟好多年沒整修了，大家都是鯨歌村的一份子，有錢出錢，有力出力。」

蔡阿福半天還沒出現，其他漁會的幹部都已經來到現場。漁民們群聚在平常唱歌仔戲，演布袋戲的表演台前，大家聊天、嗑瓜子。這個臨時會，剛開始氣氛嚴肅，後來大家想想也不可能有什麼大事，等到不耐煩了，大夥兒鬧哄哄的彼此寒暄。臨時會，現在看起來倒像是村民的同樂會。

村長見到鯨歌初中校長，兩人一陣客套。因為這場臨時會，鯨歌初中停課一天，讓同為村民的老師們能夠參與。蔡宗澤和邱靜雯意外得到一天假，和藍天都跑來媽祖廟看熱鬧。他們爬上媽祖廟外頭一棵大榕樹，剛好能把表演台看個仔細。大寶和二寶兩人也沒去撞球場，兩人爬上另外一棵樹。

「今天好熱鬧喔！簡直就是廟會嘛！」蔡宗澤一手遮著太陽，一手抓著樹枝，對兩位好友說。

「可是你們不覺得奇怪，究竟有什麼大事，竟然要把村裡頭男女老幼都聚集在一起，連暑期輔導都因此暫停。」邱靜雯擔憂的說。

「妳就別想東想西了，一個百年不變的小漁村還能出什麼大事，我可是樂得很。其他人放假，我們卻得上輔導課，今天賺到一天假，好好享受就對了。」藍天爬樹技術最好，爬得最高，他望向馬路遠處，見到有車輛開過來，其中包括之前在漁會門口見到的黑頭車。

「理事長來了。」有村民見到來車，對其他人叫，大家東傳西傳，都停下本來的話題。村長見到蔡阿福，很客氣的走過來。

胖老闆走下車，蔡阿福和村長跟在他身旁熱情的向他介紹媽祖廟，胖老闆沒怎麼認真聽，倒顯得蔡阿福和村長活像小弟。村長首先上台致詞，拿起大聲公對村民們說：「各位鄉親，大家先坐好。今天村裡來了一位貴賓，帶來一個非常好的消息，希望藉由今天的臨時會，大家一同分享。」

蔡阿福接過大聲公，說：「大家都知道，鯨歌村是個小漁村，雖然和鄰近的其它漁村比起來，我們已經算是經營得相當不錯。村裡頭的漁民們載著滿滿漁獲，換得每一家人吃飽穿暖的新台幣。我蔡阿福一直很努力的幹著理事長的工作，每天夙夜匪懈，不敢懈怠，相信大家都很清楚。」

「沒錯！蔡理事長好樣的！」村民中有人鼓譟，大家都點頭表示同意，

紛紛拍手，對於蔡阿福的政績相當肯定。蔡宗澤沒有拍手，他憤憤的想著：「村民們可知道，你們覺得好，可這些都是犧牲家庭幸福換來的。」

蔡阿福等大家拍完手，語氣有些沈重的繼續說：「可是，如果我們不往前看，我們就不知道未來在哪裡。如果我們不跟城市比，我們不知道小漁村還能變得有多好。前些日子我帶著漁會幹事們去台北考察，這一趟下來，我發現村裡頭有不少年輕人，他們不喜歡老祖宗的捕魚活兒，想要走自己的路，結果最後就是跑到大城市工作，一去不回。鄉親們，這種事情我們可以接受嗎？」

隨著城鄉差距加大，鯨歌村裡頭確實有不少年輕人因為不想繼承辛苦的捕魚工作，選擇離鄉背井到大城市打工。近的去台中，遠的就到台北、台南和高雄。可是離開小漁村，如果自己沒有一技之長，或是還不錯的學歷，基本上找不到什麼好工作，反而會因為大城市燈紅酒綠的聲色文化影響，學會一些不好的生活習慣。幾位老人家，他們的孩子自從離家工作後就很少回

來，聽到理事長說的，都感同身受的猛點頭，想到傷心處，甚至紅了眼眶。

見到大家注視自己，對於自己的說詞顯然十分認同，蔡阿福語氣一轉，由沈重轉為充滿希望、喜樂，說：「祖宗保佑！現在一個得來不易的機會降臨我們鯨歌村了！大家想不想聽？」

村民們大聲呼應：「想！」

「要不要知道？」

「要！」

蔡阿福把場子炒得火熱，宛如候選人的造勢晚會。蔡宗澤看了覺得實在噁心，他對爸爸這一套激起群眾情緒的手法，覺得根本就是一種詐騙的行為。可是，蔡宗澤終究還是愛著自己的父親，他雖然覺得父親的作為不太好，還是只能默默不高興，嘴裡倒是沒有多加批評。邱靜雯倒是看得嘖嘖稱奇，對蔡宗澤說：「你爸爸真厲害，大家都被他的演說給感動了呢！」

此刻，蔡阿福把那位胖老闆請上台，對大家介紹道：「各位鄉親，這位

是從台北千里迢迢來到我們鯨歌村，經營台灣規模數一數二龐大的食品加工廠，米立加工廠董事長曾廷昊先生。來！讓我們大家鼓掌歡迎他，讓曾董事長見識一下我們鯨歌村民的熱情也是台灣數一數二的啦！」

「曾董事長好！」、「讚喔！」村民們大家手都拍紅了，村裡許久沒有來過什麼大人物。現在村民見到眼前這位一身名貴西裝，手腕上掛著勞力士金錶，拿著一根古巴雪茄的男子，都很興奮，想說這位先生到底是要帶來什麼好消息。

「現在我們請曾董事長說幾句話。」蔡阿福將大聲公交給曾廷昊小聲問蔡阿福：「沒有麥克風嗎？」

蔡阿福恭敬的說：「不好意思，曾董事長，鄉下地方沒有這種設備。」

曾廷昊嘴角一沉，一副早就料到的樣子，拿起大聲公對台下村民大眾，氣勢凌人的說：「大家好，我是曾廷昊。我的工廠現在是台灣第二大食品加工廠，我有信心在今年底，最晚明年初就會成為台灣第一大。今天我來到貴

寶地，是想跟各位鯨歌村村民分享一個好消息。前些日子我在尋找一個適合擴建廠房的土地，看了好幾個地方都不滿意。那時候剛好遇到蔡理事長，他很熱心，一定要我來鯨歌村看看。我來看了之後，覺得還不錯，於是決定在這裡建立中台灣專門負責水產加工的工廠。」

村民們一片嘩然，大家現在才搞清楚原來過去一段時間，蔡理事長和這麼一位大人物討論在鯨歌村設廠的重大建設。

「我知道大家聽到這個消息一定很高興，我也很高興。首先，我保證會優先錄用鯨歌村村民進入工廠工作，預計可以提供至少五十個就業機會。」曾廷昊比出五根手指頭，手指頭上的大鑽戒閃閃發亮。五十個就業機會對於小小漁村來說已經算不少，一些正愁找不到工作，又不想當漁夫的年輕人，和一些想要轉行的中年人聽了都覺得這是一件難得的好事。大家談論起可能有機會待在家鄉，又不用做討厭的工作，都很開心。

「慢著！」一位年輕人從人群最外圍朝表演台大喝一聲。

13. 鄉民的抗爭

「慢著！」大家聽見年輕人的喝斥聲，都朝聲音的方向看過去。

「是阿高！」蔡宗澤在高處見到那人面孔，認出是前些日子出海捕魚的好友。阿高是村裡頭大家熟識的優秀青年，學校老師也都認得這位因為家境而不得不放棄學業的年輕人，大夥兒都想聽聽這位年輕人有什麼高見。阿高左臉頰有道七八公分長的傷疤，是他捕魚受傷的痕跡。但這道傷疤掩蓋不了他炯炯有神的一雙眸子，以及一顆總是勇往直前的心。

邱靜雯望著阿高的英挺臉龐，有點害羞的問蔡宗澤說：「這個人就是阿高嗎？」

「對，他可是我哥兒們。」

「我常聽其他女同學說，但我今天還是第一次見到他本人。天啊！我都不知道他長得這麼……好看。」

藍天見邱靜雯眼波流動，整張臉紅得像是紅面薑母鴨，戳了蔡宗澤一下，問說：「哥哥，姊姊的臉好紅喔！是不是發燒啦？」

蔡宗澤偷笑說：「她不是發燒，是發春。」

「什麼是發春？」

「就是發現春天來了的意思。」

「我懂了，春天花兒都開了，有些人對花粉過敏，所以才會臉紅，而且還會有呼吸困難的症狀。」

「呵呵！你真聰明。」蔡宗澤覺得藍天的解釋很好玩，也就沒說破。

蔡阿福見阿高走到表演台前，問他說：「這不是福順號船東老頭的公子嗎？阿高，剛出海回來？」

「對啊！才上岸就聽到這裡有熱鬧可看的消息，趕緊過來瞧瞧。」

「我剛剛才跟村民們報告一個大好的消息呢！你有聽到吧？」

「我全部聽在耳裡，現在還嗡嗡作響呢！」曾廷昊插話，對阿高說：

「年輕人，你身材挺厚實的。我看你不要捕魚了，來我們工廠幹活兒。」

蔡阿福和村長哈哈一笑，附和曾廷昊：「謝謝董事長看得起我們鯨歌村

的年輕人，我們這裡的年輕人各個身材都很棒，幹什麼活兒都沒問題。」阿高自始至終都是一臉酷酷的表情，對於理事長和村長對曾廷昊陪笑臉，似乎不以為然。他靜靜的等到蔡阿福和村長笑到自己都覺得有點尷尬，笑聲打住，才又說：「我有問題想請教一下。」

「有什麼問題問我就對了。」蔡阿福拍拍自己的胸脯說。

「不是問你，是問這位尊貴的董事長。」阿高盯著曾廷昊，口氣不是很好。村長想打圓場，在兩邊中間，對阿高說：「阿高，曾董事長可是貴賓，你講話要客氣點。」又對曾廷昊說：「不好意思，這位年輕人講話向來比較大聲一點，沒有什麼惡意，請您多多包涵。」

「哼！小子，你要問什麼就問吧！」曾廷昊不屑的說。阿高無懼曾廷昊的氣勢，問道：「請問食品加工廠是打算蓋在鯨歌村什麼地方呢？就我所知村子附近到處都有不少荒地，可是那些荒地開墾起來得花不少時間和成本。如果不想花太多時間跟成本，應該就只剩下靠海邊附近的幾塊空地。」

曾廷昊說：「當然，在商言商，我當然要找便宜一點的地方。你說的那些荒地雖好，但蓋工廠應該還是會選擇靠海這邊的地段。」

「另外您說要蓋的是水產加工廠，那不但是要靠海邊，甚至最好根本是貼在漁港旁邊，可以直接將漁船捕撈的漁獲直接送進工廠，對吧？」

「呵！我本以為你是個沒什麼見識的年輕人，看來我錯了。小子，你懂的還不少。」

「沒什麼，平常沒事我喜歡看點書而已。」

「就這些問題？」曾廷昊態度有些挑釁的說。

他根本不是真心稱讚阿高，認為阿高能問出這些問題已經不錯了，他心底輕蔑的說：「鄉下人懂什麼。」就在曾廷昊掉以輕心的時候，阿高問出最關鍵的問題：「就我所知，工廠總會排放出許多廢棄物，還有廢水什麼的，這些東西曾董事長已經想好要怎麼處理了嗎？」

曾廷昊眉頭一皺，臉色一沉，一改之前和顏悅色的模樣。

「我提的計畫可以為這個漁村帶來超過五十個工作機會，其他人還是可以繼續捕魚。有了我們工廠進駐，漁船捕來的漁獲我也會優先收購，對於鯨歌村上上下下每一戶人家來說只有好處，沒有壞處。」

阿高雖然當初因為家境沒有辦法唸書，但他喜歡唸書的好習慣從來沒有改變。他前陣子才讀過幾本關於環保方面的書，知道一些原本寧靜的鄉村，因為工廠進駐所帶來的空氣污染、水污染等等污染問題，把原本青蔥的綠地、乾淨的溪水、清新的空氣等種種美好且有益健康的環境，變成草木枯死、溪水散發惡臭、空氣污濁，讓人難以繼續生存的地方。阿高跳上表演台，把自己自學到的這些知識全部對村民們仔仔細細的解釋一遍。

短視近利，最後受到傷害的還是那些無知且無辜的鄉下人。阿高不能容許這樣的事情發生在自己家鄉，為此挺身而出。村民們本來沒想那麼多，只聽到曾廷昊、蔡阿福和村長說了許多蓋工廠帶來的好處，聽完阿高提出那些被三人略過不提，關於工廠對環境造成的負面影響，村民們本來開心的心情，出現了矛盾。

並不是每位村民都站在阿高想要保護環境的立場，有些村民覺得賺錢過日子比環境有沒有被污染更重要，他們大聲抗議，說：「拜託，這附近這麼荒涼，還能造成什麼樣嚴重的污染。就算沒有工廠，本來就是個鳥不拉屎，狗不生蛋的地方。」支持阿高的村民們，他們雖然覺得賺錢重要，但更不希望自己從小生長的環境因為金錢而將熟悉的一切抹去。

他們跳出來力挺阿高，疾呼：「我們幾十年來沒有工廠和其它產業到我們村裡開發，大家過得有不好嗎？現在既然阿高都說了這麼多設立工廠會帶來的負面影響，我們又何必要為了一間工廠，改變我們現在的家園？」

村民們意見分歧，彼此有著自己的想法，兩造人馬吵起來。

一位中年人不小心和另外一位意見相反的人發生拉扯，打了他一拳。

「阿吉，你敢打我？」被打的中年人，眼中充滿怒火，摀著被打得紅腫的臉頰罵道。

「我、我不是故意……」話還沒說完，被打的人又打了回去。整個場面火爆起來，兩位大男人扭打成一團，旁邊又是勸架的，又是加入戰局的。老人、婦女和小孩都趕緊退開，但仍有小孩被從天而降的板凳敲到腦袋，抱著媽媽痛苦哀嚎。藍天等人在樹上看傻了眼，媽祖廟前原本和樂融融的同樂會，現下變成羅馬武士格鬥的競技場。蔡宗澤拿出正義感，對藍天和另外一棵樹上的大寶、二寶說：「我們快下去阻止大家。」

大寶喊道：「阻止，怎麼阻止啊？這麼混亂的場面，我們不要被波及就不錯了。」邱靜雯也要蔡宗澤冷靜下來，說：「現在我們根本幫不上忙，貿然跳進人群中只會誤事。」

蔡宗澤急道：「難道你們要我眼睜睜的看著街坊鄰居大打出手嗎？」

藍天急中生智，說：「我想到了！以前我每次不高興，使性子的時候，阿嬤都會拿一大桶涼水往我身上一澆。澆了之後，我就會冷靜下來，屢試不爽。」蔡宗澤和邱靜雯相視而笑，說：「有道理！」

藍天、蔡宗澤與大寶、二寶，四個大男生從樹上跳下來，跑到媽祖廟後方水井，每人手提一桶水，回到媽祖廟前，將桶內的水往人群潑過去。

「哇！好冷啊！」

「是誰潑水？」

「哎唷！我的衣服、褲子全濕了。」和藍天預估的差不多，村民們凡是被水潑到的，注意力暫時得到轉移，本來吵架的、打架的都停了下來，大家忙著找是誰在潑水。這一停頓，人們冷靜下來。

阿高對大家說：「大家聽我說，我們不能短視近利，要想想我們現在做的可能會影響後代子孫。鯨歌村不屬於我們任何一個人的，應該要考量大家的利益，而不是少數人的利益。」

蔡阿福也拍手說：「阿高說得很好，確實應該考量大多數人的利益。既然有人反對，有人贊成。國父說我們要走向三民主義，民有、民治、民享的民主社會，就讓我們用最民主的方式來決定鯨歌村的未來。」

「你這是什麼意思？」

「我們舉辦一場村民投票，哪一方意見獲得多數村民支持，另一方就要無條件的接受。」阿高正考慮著蔡阿福的意見，他覺得這確實是一個合乎情理的方式，可是自己對村民的影響力遠遠不及蔡阿福，更何況現在理事長和村長看來是站在同一陣線，自己年輕，說的話也是人微言輕。不等阿高同意，村民們大多都認同投票的方式，大家鼓譟：「投票好！」「對！讓我們手中的一票決定要不要設廠。」

「……」阿高見情勢已經不可能逆轉，對蔡阿福認真說：「少數服從多數，希望投票結果出來，你會遵守約定。」

「這句話是我要對你說的。」

「那就訂下個月今天，在媽祖廟前舉辦投票，讓媽祖當投開票的監票人。」

「一言為定！」鯨歌村一場設廠與否的全村公投戰火，就此點燃。

14. 消失的魚群

臨時會在充滿火藥味的氣氛底下草草結束，曾廷昊下了表演台，被蔡阿福帶到家裡招待。

曾廷昊進到客廳，也不管這是不是自己家，朝著客廳茶几用力拍桌大罵：「搞什麼鬼！我堂堂一個身價幾億的總裁，為什麼要聽這些五四三。」

曾廷昊身邊提著公事包的秘書從包包中拿出一個小玻璃罐，倒出一顆白色藥丸，又跟蔡阿福家的傭人要了一杯水，遞給老闆，說：「老闆，您可得多注意自己的心臟。」

吞下藥丸，曾廷昊調勻呼吸，蔡阿福和村長坐在另外兩張沙發，臉色都不大好看。

「現在怎麼辦？你們說說怎麼辦？當初可是你們信誓旦旦保證我來這裡設廠絕對沒有問題，還說村民一定會歡欣鼓舞的歡迎我們。現在我看不要說歡迎了，我來這裡會不會被人『蓋布袋』都很難說咧！」

村長愛當和事佬，但村民們都吵成一團了，他不知道自己還是不是應該支持理事長提議的計畫。

蔡阿福見村長猶猶豫豫的樣子一點也不感到意外，他知道村長是個好聽點叫做個性和善，難聽點叫做沒有主見的人。以前大多數事情村子裡頭意見都一致，他可以安心的敲邊鼓，今天村民們意見分歧，他知道村長肯定會陷入不知道該選擇哪邊站的窘境。

蔡阿福可不是優柔寡斷的人，今天他把曾廷昊請來，就是希望鯨歌村能夠更加繁榮。雖然設立工廠會帶來一些污染，可是和白花花的鈔票比起來，他覺得造成一點小污染也沒有什麼。

面對居民的抗爭，蔡阿福對自己說：「我要堅定信心，只要村民們在工廠設立後有賺到錢，大家到時候就會感激我了。」

曾廷昊點燃一根雪茄，用力抽了一大口，然後吐出一個狀似甜甜圈的煙圈，說：「蔡理事長，這件事情你可得替我辦好，不然我就只好考慮改到其它地方設廠了。」

「您放心，這件事情我一定幫您辦得妥妥當當，讓米立公司順利進駐我們鯨歌村。」

「理事長敢打包票，那我就放心了，但我也不能沒有限制的等下去。而且……萬一下個月的投票輸了，那該怎麼辦？」

「這您不用擔心，我蔡理事長在鯨歌村一呼百諾，投票絕對會過。今天的情況您也看到了，大多數村民的立場還是站在我們這一邊，希望鯨歌村能夠繁榮。只要我們有效鞏固已經站在我們這邊的村民，就算找不到更

多人加入，我們還是能夠取勝那些不懂時勢的年輕人。」

曾廷昊見蔡理事長信誓旦旦向他承諾，起身就要離開。上車前，曾廷昊對蔡阿福說：「不要讓我失望，我等你的好消息。」

村長和蔡阿福送客，曾廷昊的黑頭車揚長而去。

村長這時才放下地方首長的面子，焦急的對蔡阿福說：「阿福，你看這怎麼辦？哎唷！住我隔壁的老趙，他好像要投反對票，當初可是你說跟曾董合作有好康的，現在好康的我還沒見到，就先裡外不是人了！」

蔡阿福沒心情聽村長抱怨，他思考著該怎麼改變局勢，讓村民們瞭解他的苦心。

曾廷昊坐上黑頭車，還未消的氣，全發洩在秘書身上，把他臭罵一頓。秘書早就習慣老闆的脾氣，唯唯諾諾的一直說：「是是是……」為了生活只好委曲求全，當曾廷昊發洩用的靶子。

秘書等曾廷昊罵完，還不忘工作，問說：「董事長，我們就這樣把事情交給那位蔡理事長處理嗎？我怕不保險。」

「還用你說！」曾廷昊喝道，在狹小的車廂內，差點沒把秘書和司機的耳朵給震聾了。

曾廷昊點著雪茄，說：「蔡理事長雖然個性強硬，但終究還是個老實人，這年頭靠老實的手段哪能賺到銀子。賺錢靠的就是一個狠勁兒，這個道理哪是他們這些鄉下人學得來的。」

「那我們該怎麼做？」

「嘿嘿……當然是找人來好好的教訓教訓他們，讓他們明白這個世界還是掌握在像我這種有權有勢的人手裡。」

曾廷昊在秘書耳邊囑咐著一些壞主意，秘書一邊聽，一邊露出賊笑。

司機從後照鏡中見到曾廷昊和秘書看來又在談論些不好的計畫，想到此次恐怕鯨歌村的無辜百姓大概會受到不少的傷害，又想起藍天那位孩子天真

的笑臉，內心頓時有股罪惡感。

鯨歌村民們，大家都關注一個月後舉辦的投票。

贊成理事長看法的人，在漁會一樓成立了「贊成鯨歌村設立工廠」的後援會，凡是經過漁會的人都會被他們攔下來，聽後援會的人說一堆設立工廠的好處。

反對設廠的人以阿高過去經常出沒的麥可撞球場為中心，撞球場老闆也不贊成設立工廠，於是很爽快的將撞球場讓出來，交給阿高等村民們作為討論與宣導環境保育之於鯨歌村種種重要性的聚會所。

阿高得到許多人的支持，但他沒有一絲欣喜，因為他知道目前反對的人還是少數，要想在一個月後的投票獲勝，必須要非常努力才行。他思考各種方法，想來想去卻始終沒有突破性的想法。

大寶和二寶都在阿高這邊幫忙，幾位死黨中，偏偏不見蔡宗澤。

「奇怪，菜脯呢？」二寶沒見到蔡宗澤，對在場眾人問。

「他不會來的。」撞球場老闆說。

「你又知道他不會來？我想菜脯還是站在阿高這一邊的。」

「就算如此，你要知道理事長可是他的父親，要自己跳出來明著跟自己父親作對，菜脯不是這種沒孝心的人。」

「唉！也辛苦他了，想必他現在夾在自己父親和阿高兩派之間，應該左右為難吧！」

蔡宗澤坐在白鯨灣，這個隱密的沙灘，現在成了他的避風港。藍天和邱靜雯陪在他身邊，都不知道怎麼安慰他才好。

「我爸就是這麼固執。」

「其實理事長他也不算有錯，誰都希望自己的家鄉更繁榮。」

「有些事情不是錯不錯就能解決的。阿高說的那些我都懂，老師在課堂

上也說過，可是……我現在真的不知道該怎麼辦。就像妳說的，我爸爸也不算錯，可是阿高也沒錯。」

「是啊！天底下最難的問題大概就是選哪邊都對，也都錯。」邱靜雯說。

「頭好痛啊！這個問題比三角函數還難。」蔡宗澤往沙灘上一躺，多希望睡一覺起來後，所有的煩惱就能一掃而空。

藍天聽到邱靜雯說那句「選哪邊都對，也都錯的問題才是最難的問題」，心有戚戚焉。就像阿嬤和爸爸媽媽之間，他們站在各自的立場，都是為了對方好，可是兩邊卻因此有了衝突，最後十多年不相見。他愛阿嬤，也很想爸爸媽媽，不管哪一邊對，或哪一邊錯，對藍天來說兩邊都是他放不下的親人。

「難道就不能有第三個選擇嗎？」藍天腦海中浮現這個想法，對兩位友人說。

「哪有這麼容易，不然你說說第三個選擇是什麼？」

「是……我也不知道。」

「看吧！大人們其實早有定見了，現在一個月後就要投票，投完票之後，大家也就不用吵了，反正哪邊票多的人就贏。我們孩子們的意見，對大人來說根本沒有影響力，只能接受最後的結果。」蔡宗澤灰心的說。

「真的是這樣嗎？」藍天可不這麼認為，他覺得就算是孩子，也有孩子發聲的權力。

邱靜雯也不認為蔡宗澤消極的想法是對的，就像自己的志願，爸爸媽媽要她選擇畫畫以外的路，當然是她好，而自己選擇畫畫，忠於自己的夢想也沒有錯。這種問題其實世界上很多，但不能每次遇到就逃避，要不然就發生衝突。

「宗澤，我們應該想想，是否有兩全其美的方法。」邱靜雯說。

「小姐，怎麼連妳也跟小朋友瞎起鬨？不可能有更好的方法，不可能！」說到最後一句，蔡宗澤還加重語氣。

「如果我想出來怎麼辦？」

「如果妳想得出來，畢業前妳每天早餐錢都我出。」

邱靜雯輕輕搥了下蔡宗澤的腦袋，說：「你不要跟理事長一樣，天天把錢掛在嘴邊，小心長大以後變成渾身銅臭味的大人。」

蔡宗澤可不希望變得跟那些世故的大人一樣，索性不講話。

「這樣吧！如果我想出更好的方法，你初三這一年就要認真讀書，至少我們都要考上高中，明年九月一起穿著高中制服去上學。」

「一起上學……」蔡宗澤想像跟邱靜雯一起上學的畫面，好像瓊瑤電影裡頭經常出現的情節。其實邱靜雯一直都是個很有氣質的女孩子，雖然對蔡宗澤大刺刺的，但仔細打量邱靜雯，還是可以感受到她不同一般女生的美。

「你幹嘛一直盯著我看？」邱靜雯見蔡宗澤對著自己發呆，質問說。

「哪有！」蔡宗澤大叫一聲，然後說：「好！我們就一起想出第三個更好的選擇。」

「我也要一起想！」藍天舉手說。

「沒問題，古人說：『集思廣益。』」

「還說『三個臭皮匠，勝過一個諸葛亮』。」

「只要我們三個人同心協力，一定能夠解決這次村裡的糾紛，讓鯨歌村恢復往日的和諧。」

藍天、蔡宗澤與邱靜雯，他們的手疊在一起，立下共同作戰，動腦不動手的合作宣言。

「奇怪？」藍天本想衝向大海，宣洩一下和大哥哥和大姊姊組成團隊的興奮之情，卻見到無數翻著白肚的大魚小魚被沖上岸，吃驚大喊。

「怎麼會這樣？」蔡宗澤和邱靜雯見到無數死魚，不禁感受到一股陰險的寒氣。

15. 理事長的承諾

漁民出海，帶著滿滿的希望，祈禱回程能夠滿載而歸。

漁港聚落，往往會有媽祖廟，因為媽祖是漁民的守護神。出海前，漁民通常會到媽祖廟祈求。過去數十年，鯨歌村的船出海，沒有不帶著豐富收獲回來的。

決定村裡頭是否要設立工廠的投票案雖然重要，但漁民們當下的生計更重要。投票前這段時間，大家還是按照平常的生活作息，該去學校教書的、上輔導課的、出海捕魚的、在魚市場叫賣的，每個人各忙各的，和平常沒有區別。

左鄰右舍意見相左，日子還是正常的過。

唯有少數比較有空閒的人，才會聚在理事長和阿高兩邊的聚會所高談闊論。阿高剛出海回來，等到下個月才會出海，閒來無事，每天就在各地巡視。他帶著大寶、二寶和幾位年輕人，採取最辛苦，卻也最直接的方式宣導自己的理念。

「阿翠婆，妳在嗎？我是阿高，關於下個月村民投票，我想要跟您分享一些關於環境保育的想法。」

挨家挨戶，阿高透過實地拜訪的方式，和每一戶居民直接溝通。這個方法進展緩慢，碰上願意聽的，可能一個上午只能拜訪兩三戶人家。

「王先生，我是阿高，想跟您……」

「砰！」門被不客氣的關上，裡頭的居民表達抗拒的態度：「我們不想聽你們這些年輕人說的大道理，總之我們是站在理事長這一邊。」

碰到不願意聽的，還會吃上一頓閉門羹，但阿高還是會很有耐心的拜託對方，給自己一個表達的機會。

二寶灰心的說：「阿高，我們這樣做真的有用嗎？你看居民們根本不想理會我們。」

「我們不能就這樣放棄。」阿高說。

「你還是跟以前一樣固執。」

「對，但做人本來就應該擇善固執，如果明明知道對的事卻不去做，那跟去做錯的事又有什麼區別？我不希望家鄉的人們有一天因為短視近利，喪失真正寶貴的東西。」

「所以只要是對的事情，就應該堅持去做？」大寶問。

「沒錯！捕魚也是啊！有些人三天打魚，五天曬網。明明知道不對卻還是做了，等到想打魚的時候，可能已經過了捕撈期，就算出海捕魚也捕不到東西。現在我們如果對環境保育不聞不問，就像三天打魚，五天曬網的人，有一天會後悔。」

阿高所預期的那個未來，比想像中來得更早。

出海的船隻，透過無線電回報了最新的漁汛，而回報的內容卻不是什麼好消息。

聚集在漁會附近的漁民們憂心忡忡，因為這一次出海，應該出現的鯖魚

潮並沒有出現，海水的溫度，洋流的方向，一切都和過去老祖宗留下來的資料絲毫沒有差異。

可是該出現的漁汛沒有出現，漁民們出海作業，捕不到魚，等於沒了收入。

親近理事長的人，趁這個機會炒作，對那些因為捕不到魚而憂愁的漁民和家屬說：「你們看，大自然有大自然的規律，我們是靠天吃飯。如果今天我們迎接食品加工廠設廠，至少我們在漁獲量少的時候不至於家裡沒有收入。男的可以出海捕魚，女的可以去工廠上班，這樣等於一個家庭也能領到兩份薪水。」

蔡阿福也承諾，只要設立工廠，保證村民們的生活會比過去更好。

隨著這一波漁獲量不足的狀況，傾向支持理事長的人越來越多。

阿高束手無策，因為這是村民們的決定。

藍天、蔡宗澤和邱靜雯，他們覺得白鯨灣附近出現死魚，原因肯定不單純，於是決定要好好調查這件事的真相。此外，他們也相信這件事情絕對和曾廷昊在鯨歌村設廠不利有關。

「最近並沒有聽說什麼特別的災害，怎麼會有死魚？」蔡宗澤說。

藍天也表示贊同：「我每天看著海，也沒見過這種事。」

邱靜雯懷疑的說：「最近大人們老是抱怨抓不到魚，這和這批死魚之間不知道有什麼樣的關聯？」

「一般人不會來白鯨灣，所以見不到這些死魚。」藍天對白鯨灣的地理位置很清楚，這裡位於漁港南方，正好是洋流繼續前進的方向。海流在這個小海灣受到攔阻，會把一些本來應該漂流到外海的東西淤積在這片沙灘一帶。

「如果這些死魚漂流到漁港，那事情就大條了。」

「我們為什麼不讓大人們知道？」邱靜雯說。

「不行！萬一被大人們知道了，要是有人存心想要掩蓋這件事情，豈不是永遠沒有真相大白的一日。」

「你的意思是？」

「我們必須靠自己的力量，率先將真相調查出來，到時候帶著真相公布給所有人知道，人們才會相信我們說的是真的。」

「這件事……該不該找阿高幫忙？」邱靜雯問說。

「我本來也這麼想，可是他們現在自己就已經忙得焦頭爛額，我覺得我們應該盡自己的一份力，不能老是依賴大人們。」蔡宗澤認真說。

邱靜雯覺得蔡宗澤考量的也有點道理，說：「想不到你會有這麼理智的時候，感覺變得比以前成熟了。」

「呵呵！可能最近都有乖乖唸書的關係，人唸書之後，腦袋想的事情真的會比較多一點。」

「那你應該更認真，這樣就知道該怎麼找到跟你爸爸相處的辦法了。」

「哎唷！這件事情我還沒想到，現在最重要的還是解決當前的難題。」

三人打定主意，趁著黑夜，相約在漁港邊見。蔡宗澤帶著手電筒，摸黑來到海邊，他們躲躲藏藏，深怕被巡守隊發現。

摸到膠筏附近，邱靜雯說：「你確定我們這樣做真的對嗎？」

「少囉唆！大丈夫做事不拘小節。」蔡宗澤打算一行三人乘膠筏偷偷到外海看看情況，瞭解一下洋流所帶來的死魚來自何方。

藍天對邱靜雯說：「姊姊，妳覺不覺得大哥哥最近真是出口成章。」

「有那麼一點感覺。」

邱靜雯和藍天跳上膠筏，蔡宗澤正在解開纜繩，突然聽一位拿著手電筒走過來的大人朝他們叱喝：「你們在幹嘛？」

三人想要偷開膠筏出去被抓到，頓時禁聲不語，急忙想要找理由搪塞。直到那人走過來，大家見到是許志輝，都鬆了一口氣。

16. 詭計

「你們幾個臭小子在幹嘛？」許志輝見到是藍天幾位孩子，笑說。

一看沒辦法繼續隱瞞下去，蔡宗澤便把在白鯨灣見到死魚群，以及計畫出海查看真相的目的和行動一五一十說了。

許志輝聽完，很慎重的對他們說：「你們的想法是好的，但方法錯了。做事情還是應該盡量光明正大，不然萬一今天不是剛好碰到我，碰到其他人，特別是支持理事長的人，他們在你們頭上套個搞破壞之類的罪名，反而會讓阿高這邊的行動受到更多質疑。」

「對不起，我們應該考慮得更多。」

「唉！也不能怪你們。這陣子大人們亂的，完全不是孩子們的好榜樣。說正經的，反而是我們這些大人應該跟你們孩子道歉。」

「許叔叔，你不怪我們？」邱靜雯很驚訝，第一次見到大人對孩子道歉。

見到邱靜雯驚訝的神情，許志輝說：「對的就是對的，不管是大人或小孩只要做的是對的事情，都應該一視同仁。」

許志輝又說：「上船吧！你們一個不會游泳，一個不懂海象，一個又不會開船，三個湊在一起是想去海上漂流當魯賓遜嗎？讓叔叔帶你們去。」

有了許志輝當領航人，藍天三人跳上船，很順利的從漁港出發，以白鯨灣為一個中心點，畫了一道弧線，然後對照夏季潮流，猜測可能的路線。

膠筏看似輕薄，比不上大船，但只要有經驗，瞭解海象的人領頭，還是可以開到外海距離內陸相當遠的地方。

「應該差不多就是這附近……」藍天說。

「你怎麼能確定呢？」蔡宗澤好奇的問藍天。

「我看死掉的魚，牠們身上的鱗片沒有剝落，而且也沒有被其他大魚啃蝕的痕跡，所以應該沒有漂流太遠。我幾乎天天都吃魚，魚腐敗的速度我大概知道。」

「天天吃魚……聽起來真可怕。」蔡宗澤沒有不喜歡吃魚，但天天叫他吃同一樣食物，他可不幹。

「我們現在來到外海，下一步是什麼？」邱靜雯問其他人說。許志輝和藍天，對著魚的屍體大略察看，心中在出發前都已經有點譜。

「魚沒有外傷，眼睛和魚鰓的色澤也沒奇怪的顏色，所以不是有人炸魚，也不是有人使用毒劑。剩下可以把魚弄死的方法，大概就是用電。」

「太扯，海那麼大要怎麼電？」

「沒錯，所以這方法也排除。」

「那還有其它方法嗎？」

「有啊！用酒把魚弄昏。」許志

輝開玩笑說。

「叔叔，現在不是開玩笑的時候，最好有人能夠倒幾萬加侖的酒到海裡啦！」

「好吧！叔叔遇到瓶頸了，你們還是問問藍天。」

藍天用手電筒照看水面，沒有見到其他死亡的魚屍。他有點納悶，說：

「沒有耶……」

「沒有什麼？」

「沒有更多魚的屍體。」

「沒有又怎麼樣？應該都被潮流沖走了吧？」

「這樣很怪，銀帶魚是喜歡群體行動的魚，如果真的有人傷害牠們，應該會造成同群中其他同伴受傷、死亡，可是我估算了一下被沖上岸的魚，這兩天的數量，好像又太少了。」

許志輝和三位孩子們陷入苦思，努力希望找出其中的破綻。

「好難喔！原來比功課還要難的事情這麼多。」蔡宗澤說。

「不要吵，靜下心才能思考。」

「這裡是什麼聲音都沒有的外海，已經很安靜啦！」

「我是為你好，你兇什麼？」

邱靜雯和蔡宗澤，兩個人不住吵嘴，都沒有要傷害對方的意思，反倒呈現出一種好朋友才會互相鬥嘴的溫馨氣氛。

許志輝看著兩位孩子，覺得有趣，不禁想起自己以前也曾經有過青梅竹馬的童年玩伴。

許志輝掏了掏身上口袋，說：「糟糕！忘記帶我的檳榔出來了。」

「叔叔，吃檳榔對身體不好，容易得口腔癌，您還是戒了吧！」

「嘿！我老婆也這麼說。哎唷！這下可苦死我了，嘴巴想吃點什麼。」

「周圍是大海，您又是釣魚專家，隨便釣一下就有食物吃啦！」

「說的容易，你以為是養殖漁塭，隨便撈就有魚。現在這麼晚，釣魚難度很高。」

「漁塭？」藍天抓住許志輝的手，說：「我想到了。」

「快說！」許志輝、蔡宗澤和邱靜雯見藍天已有答案，激動的說。

藍天拿出從白鯨灣帶來的魚屍體，指著魚身對大家說：「你們看！這條魚和當時其他漂來的魚有個共通點。」

「你是說都是魚嗎？」蔡宗澤說。

「不要打斷藍天！」

邱靜雯朝他腦袋敲一下，蔡宗澤腦袋腫了一大包。

「這些漂流過來的魚，牠們的魚身都差不多大。」藍天用手比了一下，接著說：「海裡頭的魚不是這樣，海魚牠們自己可以自由活動、自由覓食，所以每一條魚長的大小都不同。」

「我懂了！所以這些魚雖然是海魚，但不見得來自大海，有可能來自人工養殖漁塭。」

「可是為什麼會有陸上漁塭的魚，漂流到海邊呢？」

邱靜雯的問題，藍天不知道怎麼解釋，許志輝從口袋拿出一把小刀，切開魚肚，發現魚肚中發黑的內臟泛出一股螢光色。

「原來如此……我瞭解兇手的詭計了。」

「真的？那我們應該趕快讓村民知道。」

「不！時機還沒有成熟，但如果要將案情釐清，恐怕得去一趟台中才行。」

「怎麼辦，過兩天就是二次臨時會，然後再過三天就要投票了，這樣來得及嗎？」

「我相信人定勝天，肯定來得及。」

17. 比錢更重要的東西

村民公投前三天，村長再次召開臨時會。這次臨時會，特別用一條紅繩子將媽祖廟分成左右兩個區域。左邊區域留給支持理事長的人，右邊區域留給支持阿高的人。

這個臨時會是為了確定村民們最後的意見而召開，儘管目前支持設廠的村民佔了全村六成比例，但他們仍不敢掉以輕心。

阿高還沒放棄最後的希望，希望藉由今天投票前最後的全村聚會，能夠扭轉戰局。

蔡阿福率領部屬來到會場，與阿高兩人打了照面。這個重要的日子，曾廷昊剛好不克出席，但還是特地派了秘書來現場了解情況。

「阿高真是英雄出少年，這麼年輕後頭就跟了一大群支持者。」

「理事長也不差，村裡頭幾乎大多數人都支持您的決定，看來下一屆理事長仍然是您的囊中物。」

「哈哈！好說、好說。我蔡阿福年紀大了，現在該是把位子讓給年輕人管理的時候。你們年輕人體力好，也比較有衝勁，很適合做那些辛苦的工作。理事長的工作就是這樣，明明為了大家好，卻還是得被人罵，我年紀大了，臉皮薄了，該讓位給那些臉皮厚的人了。」

「理事長您太謙虛了，看您嘴巴動個不停，顯然還很健康。村裡頭可不能沒有您為大家服務，尤其您的經驗老道，我們年輕人可不擅長打官腔，應付那些地方和中央的官員。我們只有一顆真心，一顆不畏懼強權，只求公理的決心。」

「決心能夠幫村民掙口飯吃嗎？」

「蔡叔叔，我尊敬您是長輩，不跟您逞口舌之快。」

臨時會還沒開始，蔡阿福和阿高之間就已經擦出火藥味。

村長拿著手帕擦汗，他對蔡阿福和阿高的對立感到相當緊張，自己雖然對村裡頭的事務沒有什麼意見，但也不希望村子在自己任期內搞得四分五裂。

站上表演台，村長拿著大聲公對村民們說：「各位鄉親，各位鯨歌村的村民，三天之後就是我們投票決定鯨歌村未來的重要日子。今天召集大家，是希望進行最後的溝通，好讓彼此有機會用最和平的方式，化解雙方之間的歧見。」

蔡阿福有備而來，叫兩位漁會專員將相關資料的圖表和海報用手拿著，亮給台下村民們看個清楚。

蔡阿福對大家報告：「各位，我蔡阿福千里迢迢將米立公司請來鯨歌村，為的都是大家的福祉。現在我們看我左手邊的圖表，圖表上顯示我們的漁獲量雖然一直都很穩定，但最近因為漁獲量減少，對於鄉親們經濟方面的衝擊。從數字上來看，如果情況持續下去，村裡頭明年預計要進行的種種福利建設，譬如：在媽祖廟外面加裝路燈，或是修補漁港等等的預算都會受到影響。」

蔡阿福觀察台下民眾都很專心聽自己演講，露出得意的笑容，指著右手

邊的圖表說：「現在我們看我右手邊的圖表，當工廠建立之後，我們將得到至少五十個工作機會，如果每個工人一個月可以賺到一千五百塊，就算在漁獲量減少時，絕對可以維持各位目前家裡頭至少一家四口的基本生活開銷。鄉親啊！我們必須提前準備，為我們吃飯的錢好好籌劃一個安穩的未來啊！你們說，對不對啊？」

「對！」台下的人用力拍手，尤其是坐在廣場左邊的群眾，不但拍手，還大聲叫好：「理事長說的太對了，沒有錢還談什麼環保，有錢才是最重要的啦！」

見情勢大好，曾廷昊的秘書露出滿意的笑容。

邱大志雖然礙於身份必須力挺理事長，但他心中卻不樂見村裡頭因為設立工廠，造成對環境的破壞。

見到曾廷昊秘書的笑容，他想這個人終究只是一位為了錢才來到鯨歌村的商人，根本不愛護這塊土地。

輪到阿高這一邊的代表發言，他親自上台，從他凝重的表情，可以瞭解對於這場仗，他內心已經不大有把握。

阿高一改過去像刺蝟一般尖銳的態度和橫衝直撞的表達方式，他慢慢凝視著台下每一位村民，讓自己的眼睛能夠與每一位村民交會。

村民眼中看到的，依舊是當年那位天真、直率，只是個性有點衝動的好青年。

而在阿高眼中，無論是站在哪一邊的村民，都是看著自己從小到大，沒有心機、辛勤工作的好同鄉。

「各位，我今天站在這裡不是為了跟蔡理事長唱反調，也不是為了跟村長唱反調，更不是為了我自己。其實我的目的和蔡理事長一樣，都是希望鯨歌村能夠一天比一天更好，居住在這裡的村民一天比一天更幸福。」

阿高誠摯的語氣，十分平和的向眾人傾訴，渾然沒有蔡阿福之前報告那種公式化的感覺，比較像是一位晚輩在跟長輩說明自己的想法。

「我知道這陣子，大家因為工廠的事情，因為漁獲量減少的事情，大家心裡都不太爽快。我只想告訴大家，我也是。」

台下一位支持蔡阿福的年輕人，不屑的對台上阿高反駁說：「最好是啦！」

阿高沒有生氣，無奈的笑了笑，說：「阿狗，我不像你好命，家裡開雜貨店，可以天天待在陸地上。」然後轉頭繼續說：「各位，大家都知道我阿高很早就出來跟著阿爸跑船，十年過去了，我可有過什麼怨言，可有哪一位跟我工作過的船員說我不夠認真、不夠打拼？我可以告訴各位，沒有！我跟各位大人，各位長輩一樣，都是在船上苦過來的，都是在海上搏鬥生存下來的。我愛鯨歌村，也愛我的爸爸，更愛我的工作，以捕魚為榮……」

阿高的聲音哽咽了，充滿被誤會的委屈，說：「我……我只希望大家瞭解，這個世界不是只有台灣一座小島，台灣也不是只有鯨歌村一處漁港，許多水產都必須靠大家懂得保護，才能維持下去。工廠設立將會為鯨歌村沿海

帶來污染，這都將造成更多我們賴以維生，捕撈的魚苗、小管等等海洋生物數量銳減。還有大家經常看到清澈海水中，像是花朵一般的珊瑚礁，這些東西都將隨著工廠排放的廢水等等污染物質而白化死亡。」

阿高的眼神再次掃向大家，最後停留在蔡阿福身上。

「我希望讓我兒子也能看到這片我從小看到大的海洋，然後孫子也能看到同樣的海洋。世世代代，鯨歌村的每一位村民都能繼續看著同樣一片乾淨、清澈、美麗，充滿生命力的大海。這才是我想要的，也是我之所以堅持不能讓會帶來污染的工廠進駐我們村的原因。因為……」

「因為世界上有比錢更重要的東西！」藍天的聲音，劃破媽祖廟前廣場的天空。

聚會場外，許志輝、蔡宗澤、邱靜雯和藍天提著一個水桶走過來。大夥兒紛紛抬起頭，伸長脖子想看看這四個人究竟在搞什麼花樣。

村長維持現場秩序，對許志輝等人說：「老許，你們搞什麼鬼？現在正

17　比錢更重要的東西

在進行重要集會，可不是能隨便讓人打斷的時候。」

許志輝說：「我們有重要的事情要宣布。」

蔡宗澤、邱靜雯和藍天，三位孩子鼓起勇氣，一些大人都不敢對眾人演說的表演台，他們懷著對家鄉的熱愛，無懼的走上去。

蔡阿福見到兒子，罵道：「宗澤，你在幹什麼，快給我下來！」

「阿爸，我和朋友要來說出各位不知道的真相。」

蔡阿福見兒子竟然如此有主見，一副正氣凜然的樣子，閉上嘴巴。

藍天將水桶給大家看，說：「大家看，這是前些日子漂流到我家附近沙灘的死魚。」

「死魚又如何？這裡是海港，死魚多的是。」一位村民不以為意的笑藍天說。

「但這些死魚和最近漁獲量減少有關。」邱靜雯說。

村民們聽到邱靜雯的話，大家都急著想知道究竟他們葫蘆裡賣什麼膏

藥。

藍天將水桶傳下去，蔡宗澤比藍天會說話，接續他的話對村民們說：「各位，這些魚乍看之下都是海魚，但仔細觀察就會發現其實來自漁塭人工養殖的魚。本來我們還不清楚這些魚為什麼會出現在鯨歌村沿海，幸好阿輝叔叔有認識縣政府水產養殖科委外實驗室的主任，便將這些魚送去化驗。結果發現這些魚身上都被滴了特殊的荷爾蒙，會散發出海魚們討厭的氣味。」

「我懂了！所以這些魚被丟在鯨歌村外海，造成魚群遠離鯨歌村附近的漁場，所以我們的漁獲量才會下降。」一位漁民從位子上跳起來，驚呼。

「沒錯！各位可以更仔細的比較一下漁獲量的變化，其實只有沿海附近的漁船漁獲量有減少，那些遠洋的根本沒有影響。可是兩個數字加在一起，看起來就好像少了很多。」許志輝對漁民解釋，然後又對蔡阿福說：「理事長，我這樣解釋對嗎？」

大寶對蔡阿福嚴厲的問說：「理事長，您剛剛圖表提供的數據，是不是

沿海和遠洋集合在一起的數字？關於這一點，您可要說清楚！」

蔡阿福見到有些人開始鼓譟著，要他給個答案，他站起身，對所有人說：「對！跟老許他們說的一樣，我確實沒有將兩個數字分開。」

「你這樣根本是騙人嘛！」有些漁民不滿的對蔡阿福說。

蔡阿福趕緊澄清：「我不說不是為了欺騙大家，而是告訴大家漁獲量減少確實是事實，而我希望透過工廠提供的工作機會，改善這個情況。為了讓大家瞭解事情的嚴重性，所以我選擇對自己比較有利的說法，但我的目的沒有錯，這一點經得起任何一位鄉親的考驗。」

許志輝替蔡阿福緩頰，說：「各位，理事長不是有心欺騙大家，請大家相信他。」

蔡阿福看著許志輝，不懂這個人怎麼突然幫起自己，說：「老許，你到底是哪一邊的？」

許志輝大笑，說：「理事長，我當然是站在鯨歌村村民這一邊啊！」

許志輝拿出一份標有「水產養殖料」的資料袋，拿出裡頭的資料，對眾人說：「這裡有實驗室提供的資料，裡面清楚說明魚裡頭被加入的荷爾蒙是由哪個單位生產……」

見到資料袋，曾廷昊的秘書全身冒出冷汗，現在見到有人已經知道趕走魚群的荷爾蒙從何而來，悄悄從位子上站起來，準備隨時要逃跑。

大寶、二寶早收到阿高吩咐，要將秘書看緊。秘書一轉頭，就見到大寶二寶站在身後，不讓他走。

「先生，你代表老闆千里迢迢從台北下來參加會議，怎麼可以中途離席呢？」

「我……我突然想起來我有事。」

許志輝狠狠瞪了曾廷昊的秘書一眼，然後唸出資料上記載的內容，說：「該荷爾蒙為米立水產加工公司生產，用作驅趕魚群用的藥劑！各位鄉親，你們聽到了嗎？一切都是那些眼中只有錢，沒有對土地的愛，無良商人的詭計！」

蔡阿福不敢相信聽到的事實，他和大多數村民們一樣震驚。

阿高跳上表演台，對大家說：「各位，今天商人可以因為錢來到我們這裡開發，你覺得他們會在乎我們的大海被破壞嗎？會在乎我們的家鄉變得面目全非嗎？鄉親們，我們都是一家人，只有家人才會真正關心彼此，這是金錢買不到，只屬於我們鯨歌村的寶藏啊！」

「對，我們是一家人！」一位村民說。

「都是一家人。」漸漸的，村民開始對彼此張開雙手。

「一家人、一家人、一家人……」大寶和二寶擁抱在一起，親吻彼此臉頰。

「你的家鄉在那魯灣，我的家鄉在那魯灣，從前時候是一家人，現在還是一家人，手牽著手，肩並著肩，輕輕的唱出我們的歌聲，團結起來，相親相愛，因為我們都是一家人，現在還是一家人。」

村民們引吭高歌，《我們都是一家人》的原住民歌曲響徹雲霄。

鯨歌村村民們團結一心，本來站在媽祖廟前廣場，紅線左右兩邊的村民們踏過紅線，彼此牽手共舞，和樂融融的鯨歌村又回來了。

18. 爸爸與媽媽的模樣

眾所期待的鯨歌村第一次公投，最後並沒有舉行，因為村民們已經有了共識。

蔡理事長在二次臨時會當天，當著全村人的面，對媽祖發誓會繼續好好帶給村民更好的生活，但不是用追求金錢的方式，因為金錢不等於幸福。

「秘書先生，不好意思，請你回去告訴曾董事長，我們鯨歌村拒絕米立公司在我們這裡設水產加工廠。」

「蔡理事長，希望你不會為自己做的這個決定後悔。」

「放心，我永遠不會為做對的事而後悔。」

「哼！還有好多漁村張開雙手歡迎我們帶著鈔票去那邊設廠呢！蔡理事長，沒想到你竟然是這麼沒有遠見的人。總之，今天的情況我會回去報告董事長，再見！」

「慢走，不送。」阿高對秘書說。

秘書氣呼呼的正要走，許志輝攔住他的路。

「幹嘛?你的目的已經達到了，可別使用暴力。」秘書見許志輝一身黝黑，十分健壯的身材，擔心他使用暴力，抱著公事包，很緊張的說。

「不要緊張，我只是想告訴你。請你回去轉告你們老闆，叫他不要繼續做他的春秋大夢，今天鯨歌村發生的事情，都已經讓縣政府那邊知道了，聽說很快就會有檢察機關介入調查，我看你回去還是趕快跟老闆商量該怎麼跟檢察官交代，免得吃牢飯吧！」

秘書嚇出一身冷汗，飛也似的逃跑了。

蔡阿福面對阿高，有點無地自容，說：「抱歉，我沒想到事情會是這個樣子。早知道對方是這麼沒有信譽而陰險的人，我不應該跟他們合作。唉……之前也不知道怎麼會迷了心竅。」

「理事長，您可千萬別這麼說，人都會犯錯，您這麼多年為漁會打拼，也不過就失誤這麼一次。趕快把網子補一補，以後就沒事了。」阿高很爽快的說，一笑泯恩仇。

許志輝插進來，說：「兩位，這次能夠讓一場可能會讓村子分裂的災難得以劃下完美句點，我們是不是應該感謝三個人？」

「感謝？」

藍天、蔡宗澤和邱靜雯，他們沒有對全村的事務坐視不管，全部丟給大人處理，因為有他們的參與，才得以揭露米立公司的陰謀。

蔡阿福對兒子，比出大拇指說：「宗澤，這次幹得真好。」

蔡宗澤好多年沒有被爸爸稱讚，倒是好多次因為自己成績不好，或是在學校蹺課而被爸爸訓斥。

今天得到爸爸的稱讚，他心底覺得好溫暖、好開心，說：「沒有啦！我只是盡自己的責任。」

對邱靜雯，蔡阿福說：「一個女孩子卻有如此的智慧，真是不簡單。」

邱大志笑呵呵的摟著女兒肩膀，對蔡阿福說：「理事長，這是我家的好女兒。」

「原來是大志的女兒，難怪這麼聰明乖巧。你女兒竟然敢跳出來伸張正義，以後前途肯定不可限量。」

「理事長客氣了，令郎也相當優秀，很有乃父之風啊！」

藍天見大家都擁抱在一起，彼此像是一家人般的互相緊握雙手，他發現自己孤零零的一個人，沒有誰答理他。

藍天不覺得難過，見到大家都很開心，自己也很開心，可是總覺得少了什麼。

「藍天，你要去哪裡？」許志輝見到藍天一個人，默默的往廣場外走，丟下聊到一半的其他友人，小跑步跟上去。

「回家。」

「你不跟大家一起同樂嗎？」

「大家都很開心，我想我能做的也已經做了，想回家烤魚吃。」

「這麼美好的一天吃什麼烤魚，叔叔請你上館子吃。」

「沒關係，我自己一個人吃已經很習慣了。」

「藍天，你是不是有什麼話沒說？」

「我……沒有啊！」

「還記得剛剛大家唱的歌嗎？」

「記得，『輕輕的唱出我們的歌聲，團結起來，相親相愛，因為我們都是一家人，現在還是一家人。』」

「不要忘記我們大家都是一家人，你可以跟叔叔一起吃飯，或是跟其他人一起玩耍。我知道阿嬤已經離開很久了，可是其他人一直都在，不要讓自己悶著，知道嗎？」

「謝謝叔叔。」

藍天沿著海岸線，走著往回家的路，他感覺到海風吹拂。

「藍天！」有人叫藍天的名字。

藍天回頭看，蔡宗澤和邱靜雯，他們跑得上氣不接下氣。

「你們怎麼來了？」

蔡宗澤和邱靜雯兩個人把藍天扛起來，快步朝白鯨灣跑去。

「放我下來！」

「我不要！」

「在上面好可怕喔！」

「誰叫你剛剛要一個人先走。」

「你們剛剛在等我嗎？」

「當然要等你啊！我們是好朋友。」

「好朋友？」藍天問了一次，又問了第二次：「好朋友？」

「對，永遠不分開的好朋友。」

回到小木屋前面那片沙灘，蔡宗澤、邱靜雯和藍天，他們躺在沙灘上，任憑海風吹拂。

「藍天，真想不到你那麼重。看你剛剛愁眉苦臉的，現在回到你喜歡的白色沙灘，高興了吧？」邱靜雯像是個愛護弟弟的好姊姊，對藍天溫柔的說。

藍天的笑容，不再那麼無憂無慮，他首次在蔡宗澤和邱靜雯面前露出憂愁的神情。

「怎麼，還是不開心？」

藍天說：「剛剛看大家開開心心的樣子，突然讓我想起阿嬤。」

「你很想阿嬤吧？」

「天天都在想。」

「可是你沒有阿嬤，還有我跟那個凶神惡『傻』的哥哥啊！」

「誰是兇神惡『傻』的哥哥？我是好心又有人情味，只是身材壯了點的優秀國中生好不好。」

和邱靜雯小鬥嘴一下，蔡宗澤對藍天說：「有什麼煩惱儘管說出來，大哥哥幫你想辦法。」

藍天吞吞吐吐，把阿嬤臨終遺言跟蔡宗澤和邱靜雯全盤托出。

「原來你的爸爸媽媽還在世界上，這不是一個好消息嗎？」邱靜雯說。

「你應該很想見見他們吧？畢竟是自己的親生父母。」蔡宗澤說。

「可是我怕，我怕爸爸媽媽不認得我了。」

「世界上怎麼會有爸爸媽媽認不得孩子的，你不用擔心。」

「我……」

藍天帶著兩位好朋友進到小木屋，將塵封在抽屜已久的信交給蔡宗澤他們，說：「但我也不知道爸爸和媽媽現在在哪裡。」

「要不我們幫你找。」

「哪裡有這麼容易找到。」

「這次我們三個人合力，做到連大人們都不見得做得到的事，只要我們三個人在一起，一定能夠完成你的夢想。」

「真的嗎？」

藍天想要見到父母的念頭，從阿嬤過世之後就不斷的膨脹，他想裝作沒有這一回事，可是血濃於水的感情，豈是這麼容易就能遺忘。

世界上哪一個孩子不需要一對愛自己的父母陪伴，這種寂寞不是朋友可以替代，可是朋友的愛能夠支持一個人對抗渴望被父母所愛的寂寞。

有了好朋友的鼓勵，藍天和蔡宗澤與邱靜雯約定：「我們都要好好努力長大，等到可以自食其力的時候，便開啟尋找親生父母的旅程。」

19. 烤肉

時間飛快，初中生涯的最後一次期末考也結束了，隨之而來的是高中、高職、師專等中等學校的聯考。

蔡宗澤起了個大早，戴起這一年因為經常熬夜讀書，因而不得不戴的眼鏡。他本來想要睡個飽，可是依舊改不了六點鐘準時起床的習慣。

下樓，媽媽見到蔡宗澤，說：「你怎麼起得那麼早？聯考都考完了，你就盡量睡吧！」

「我也想睡，可是醒來就睡不著了。」

「你這體質跟你爸爸一模一樣。」

「爸爸呢？」

「你爸爸一早就去漁會上班了。」

「爸爸還真是任勞任怨，每天都這麼拼命。」

「其實好多了，自從一年前設廠那件事之後，他不再每天只知道應酬，我們現在幾乎天天都能在一起吃晚餐，很幸福呢！」

19 烤肉

見到媽媽滿足的笑容，蔡宗澤已經不能要得更多。他也很珍惜現在的時光，知道該陪陪家人的爸爸，讓蔡宗澤漸漸瞭解家庭的溫暖其實很簡單。

「何況，等你聯考放榜後，大概要去台中唸書，到時候就沒辦法每天見面了。趁現在有空，全家人一起吃飯，你看多好。」蔡媽媽說。

「媽，都還沒放榜，八字還沒一撇，搞不好我落榜也說不定。」

「呸呸呸！不要說些不吉利的話。我問過李老師了，他說你的功課沒問題，這一年來進步得很快，已經名列班上前十名。老師有信心，我和爸爸對你也都有信心。」

用完早餐，蔡宗澤出門去，這天是要和老朋友相會的日子。此外，還有一個別開生面的烤肉會。

白鯨灣，邱靜雯已經在那裡，她頭髮留長不少，正在畫畫。

「妳在畫什麼？」蔡宗澤悄悄出現在邱靜雯身後，說。

「還是那片海囉！」

「妳畫不膩啊？」

「你看自己爸爸媽媽看了十幾年，也沒看膩呀！」

「欸！妳確定真的要讀師專？」

「如果考得上就會去。」

「妳爸爸同意妳這樣做？」

「他沒有什麼意見，我唸師專可以早點出來工作，對家裡也有幫助。我也希望能夠回來家鄉當老師，讓更多孩子瞭解這個美麗的漁村。」

「呵！真正的原因應該是讀師專美術科，能夠讓妳繼續畫畫，對吧？」

「當然這是很重要的原因，明明是自己喜歡的東西，自己不堅持，還有誰會幫忙把喜歡的東西送給我們呢？」

白鯨灣的海風鹹鹹的，濕氣也比較高，蔡宗澤用衣服擦了一下沾上水氣的眼鏡，說：「我後來才發現妳比我還有主見。」

邱靜雯見蔡宗澤忙著擦眼鏡，笑吟吟的說：「我到現在還是不習慣戴眼鏡的你，還有搖身一變，成為用功學生的你。」

「哎唷！人都是會變的。靜雯，我應該有比較成熟吧？」

「成熟是成熟，但也變得一副書呆子模樣。」

若是以前被別人這樣損，蔡宗澤非發脾氣不可，但現在他完全沒有脾氣，因為距離他開始唸書的理由，那個想要達到的夢想還很遙遠。

「如果當書呆子，書就會唸得比較好，那我願意。」

「加油！你不是要考上台中一中，然後以後考法律系，出來當律師。」

「有時候我自己想想，都覺得自己的夢想不切實際，可是在去年那次米立公司的事情之後，我深深體會到瞭解法律的重要，以及用法律幫助人是多麼棒的一件事。我要當一位正義律師，替弱勢族群打抱不平。」

「你說的話，好像阿高會說的話，」

「阿高他如果當年有繼續升學，現在搞不好已經是律師了呢！」

「聽說阿高現在在漁會擔任一席理事？」

「是啊！他可是鯨歌漁會有史以來最年輕的理事呢！但也因為接下這個工作，他變得很忙。」

大海，藍天從海面冒出頭，他的皮膚還是那般黝黑，只是國小畢業後，他開始發育，現在已經是位身高一百七十公分上下的俊美少年。

藍天一手拿著魚叉，腰上繫著簍子，他上岸見到兩位好友，露出潔白牙齒的笑容。

三人合力，在沙灘上起火，用木籤串起藍天從簍子裡頭拿出來的魚蝦，開始烤肉。

邱靜雯準備了三明治，從今天特地帶來的野餐盒中取出，作為肉還沒烤好之前填飽肚子的食物。

蔡宗澤也有所準備，三瓶彈珠汽水，以及一盒海綿蛋糕。

「這個烤肉會好像有點簡陋。」藍天傻笑說。

19 烤肉

「沒關係，吃什麼不重要，跟誰吃才重要。」

這一天三個人不只是在一起烤肉，蔡宗澤和邱靜雯偷偷準備了一份禮物，要送給藍天。

藍天正想吃海綿蛋糕，打開盒子發現裡頭有一信封。

藍天狐疑的看著兩位好友，說：「這是什麼？」

「你拆開來看嘛！」邱靜雯等不及的說。

藍天打開信封，裡頭是一張火車票。

「這是？」

「我和靜雯之前就決定，在聯考結束後大夥兒沒事的這段日子，要一起去完成你的願望，去找爸爸媽媽。」

「雖然我們不知道這一趟去能不能找到，可能以後還要再去第二趟、第三趟……但不管多少趟，我和蔡宗澤都會陪著你，直到找到爸爸媽媽的那一天。」

藍天凝視手心裡頭的車票，內心激動，差點把車票捏壞。他想說謝謝，可是眼淚和鼻水即將潰堤，所以他只能發出一絲哽咽聲，幾乎無法言語。

蔡宗澤手放在藍天左肩，說：「我們永遠都是好朋友。」

邱靜雯的手則是放在藍天右肩，說：「嗯！永遠都是。」

20. 永遠的海王子

與藍天約定要一起前往東部，尋找爸爸媽媽的尋親之旅當天，阿高及大寶、二寶都來小木屋送行。

藍天都快十四歲了，卻連鯨歌村都還沒出去過。這是他的第一次長途旅行，前一晚甚至因此睡不好覺。

「你們不用特地來送我。」

「有什麼關係，大家都想幫上一點忙啊！」

「送行算幫什麼忙？好笑。」

大寶和二寶兩兄弟現在跟著阿高一起捕魚，撞球場不再見到他們的身影。他們送完藍天等人，馬上就要回去漁港待命，準備出海。不過，出海捕魚比不上為藍天餞行。

「小子，你比我還酷，希望這一趟你走得順利。」阿高對藍天說，他見到藍天，有時覺得好像見到小時候的自己。做自己認為對的事情，其它什麼也不管，乍看之下好像很愚蠢，實際上可是保有孩子對待事物的熱情與天真。

「鯨歌村外面的世界是怎麼樣的呢？」藍天踏著沈重的腳步，問兩位好友說。

「這個就要你自己用眼睛看囉！」

「如果真的見到爸爸跟媽媽，我該向他們說些什麼呢？」

「這就要問你自己。藍天，你不用緊張，就當作……當作一趟畢業旅行。」

「我沒參加過畢業旅行。」

「怎麼會？小六的時候呢？」

「小六我也沒去。」

「怎麼會沒去？」

「因為老師不准我用抓來的魚代替畢業旅行的錢。」藍天一臉無辜，嘟嘴說。

走到沙灘的邊緣，蔡宗澤等人踏上屬於木麻黃樹，象徵泥土地的這一方。

藍天走在最後頭，他回頭望了一眼，望向他從小看到大的那片汪洋。

藍天視線中，就在映照太陽光輝的海面，依稀有條白色的鯨魚從水中探出頭，朝天空噴了一道水柱。

其他人發現藍天沒跟上，回頭過來，都見到遠方海面上那傳說中才會出現的白鯨。

「那是……不會吧！」蔡宗澤瞪直眼睛，問邱靜雯說。

「一定是。」邱靜雯說。她相信眼前見到的，就是傳說象徵幸福的白鯨。

「嗯！」阿高、大寶和二寶，他們也相信自己沒有看錯。

藍天朝著大海，張開雙臂，他的頭緩緩抬起，凝視天空浮雲，笑說：

「阿嬤沒有騙我，真的有白色的鯨魚。」

以為活在傳說中的白色鯨魚竟然都有可能成真，藍天霎時間覺得既然有爸爸媽媽還活在台灣某個角落的證據，他們肯定也在等待著與他這個素未謀面的兒子相見的機會。

就在旅程即將開始的這一瞬間，藍天有了勇氣。他是住在鯨歌村最美麗的白沙灘處，屬於汪洋大海，屬於小漁村，永遠永遠與大海分不開的一位王子。

此時此刻，海王子暫時告別大海，即將前往大海的另外一端，和兩位最好的夥伴共同尋找失落已久，但他相信依然存在，一家團聚的美夢。

勵志學堂：22

小漁村的海王子

作　者◇張文慧
出版者◇培育文化事業有限公司
執行編輯◇禹金華
美術編輯◇蕭佩玲
社　址◇22103　新北市汐止區大同路三段一九四號九樓之一
TEL　（〇二）八六四七—三六六三
FAX　（〇二）八六四七—三六六〇

總經銷◇永續圖書有限公司
劃撥帳號◇18669219
地　址◇22103　新北市汐止區大同路三段一九四號九樓之一
TEL　（〇二）八六四七—三六六三
FAX　（〇二）八六四七—三六六〇
E-mail　yungjiuh@ms45.hinet.net
網　址　www.foreverbooks.com.tw

法律顧問◇中天國際法律事務所　涂成樞律師　周金成律師
出版日◇二〇一二年一月

國家圖書館出版品預行編目資料

小漁村的海王子/ 張文慧 著.
-- 初版. -- 新北市；培育文化，民101.01
面：　公分. --（勵志學堂 ; 22）
ISBN 978-986-6439-67-4（平裝）
859.6　　100020761

培育文化讀者回函卡

謝謝您購買這本書。
為加強對讀者的服務，請您詳細填寫本卡，寄回培育文化；並請務必留下您的E-mail帳號，我們會主動將最近"好康"的促銷活動告訴您，保證值回票價。

書　　名：小漁村的海王子
購買書店：＿＿＿＿市／縣＿＿＿＿＿＿書店
姓　　名：＿＿＿＿＿＿＿＿ 生　　日：＿＿年＿＿月＿＿日
身分證字號：＿＿＿＿＿＿＿＿＿＿＿＿＿＿
電　　話：(私)＿＿＿＿＿＿(公)＿＿＿＿＿＿(手機)＿＿＿＿＿＿
地　　址：□□□－□□
　　　　：＿＿＿＿＿＿＿＿＿＿＿＿＿＿
E-mail：＿＿＿＿＿＿＿＿＿＿＿＿＿＿
年　　齡：□20歲以下　□21歲～30歲　□31歲～40歲
　　　　　□41歲～50歲　□51歲以上
性　　別：□男　□女　婚姻：□單身 □已婚
職　　業：□學生　□大眾傳播　□自由業　□資訊業
　　　　　□金融業　□銷售業　□服務業　□教職
　　　　　□軍警　□製造業　□公職　□其他＿＿＿＿
教育程度：□高中以下(含高中)　□大專　□研究所以上
職位別：□負責人　□高階主管　□中級主管
　　　　□一般職員　□專業人員
職務別：□管理　□行銷　□創意　□人事、行政
　　　　□財務　□法務　□生產　□工程　□其他＿＿＿＿
您從何得知本書消息？
　□逛書店　□報紙廣告　□親友介紹
　□出版書訊　□廣告信函　□廣播節目
　□電視節目　□銷售人員推薦
　□其他＿＿＿＿＿＿＿＿＿＿
您通常以何種方式購書？
　□逛書店　□劃撥郵購　□電話訂購　□傳真　□信用卡
　□團體訂購　□網路書店　□其他
看完本書後，您喜歡本書的理由？
　□內容符合期待　□文筆流暢　□具實用性　□插圖生動
　□版面、字體安排適當　□內容充實
　□其他＿＿＿＿＿＿＿＿＿＿
看完本書後，您不喜歡本書的理由？
　□內容不符合期待　□文筆欠佳　□內容平平
　□版面、圖片、字體不適合閱讀　□觀念保守
　□其他
您的建議：＿＿＿＿＿＿＿＿＿＿＿＿＿＿
＿＿＿＿＿＿＿＿＿＿＿＿＿＿＿＿＿＿

剪下後請寄回「22103新北市汐止區大同路3段194號9樓之1培育文化收」

請用膠帶黏貼

廣　告　回　信
基隆郵局登記證
基隆廣字第200132號

221-03

新北市汐止區大同路三段１９４號９樓之１

培育文化事業有限公司

編輯部　收

請沿此虛線對折免貼郵票，以膠帶黏貼後寄回，謝謝！

為你開啟知識之殿堂